Panaït Istrati
Nerrantsoula

Panaït Istrati
Werkausgabe in 14 Bänden
Herausgegeben von Heinrich Stiehler
Band 7
Nerrantsoula

Panaït Istrati
Nerrantsoula

Aus dem Französischen von
Erna Redtenbacher und Hans Wolff

Büchergilde Gutenberg
Frankfurt am Main Olten Wien

Die vorliegende Bearbeitung folgt im wesentlichen der
1927 im Gebrüder Enoch Verlag, Hamburg, erschienenen Ausgabe
Ausstattung Juergen Seuss, Niddatal bei Frankfurt am Main
Satz Dörlemann-Satz, Lemförde
Schrift Bodoni auf Lichtsatzsystem tps 8000 Berthold
Druck Paul Robert Wilk, Friedrichsdorf-Seulberg
Bindearbeit Großbuchbinderei Monheim (R. Oldenbourg)
Printed in Germany 1987
ISBN 3 7632 3147 1

Inhaltsverzeichnis

Einführung *Seite 11*

Nerrantsoula *Seite 17*
Erster Teil 25
Zweiter Teil 81
Dritter Teil 133

PANAÏT
ISTRATI

Diese Erzählung ist 1927 unter dem Titel *Das Lied der Grube* erschienen – mit folgender *Berichtigung:*

Der Titel dieses Romans heißt **Nerrantsoula**, und ich möchte, daß er in einer endgültigen Ausgabe wieder so erscheint.
Das Lied der Grube ist nicht mein Titel; ich mußte ihn auf die schnelle erfinden. Er wurde mir aufgezwungen aus dem ehrlich gemeinten Grund, daß »kein Leser sich merken« könne, was doch ein so einfaches Wort ist: *Nerrantsoula.*

Das ist verdammt traurig!

P. I.

Einführung

»Nerrantsoula« ist entstanden in einer Stunde der Erleuchtung, in einer Stunde des Tanzes: Ich kann sagen, daß Panaït »Nerrantsoula« tanzend geschrieben hat. Dies hat sich eines Nachmittags im Keller der Freundschaft zugetragen – hiermit bezeichne ich die Kellerwohnung von Gheorge Ionescu –, in einem Keller, der bisweilen in einer seltsamen Durchsichtigkeit, Rembrandttönen gleich, erstrahlt und in seinen Schatten ausdrucksvoller ist als das Licht selber ...
Es war nach einem guten Essen und einem noch besseren Trunk, als die Gefährten vergangener Zeiten im Gedächtnis eines jeden lebendig wurden. Wir sprachen von allem, was wir in unserer Kindheit gesehen und erlebt hatten, von den Morgen am Meer, den Nachmittagen rings um die Kirchen und den Abenden vor dem Hause.
Und so kamen wir auch auf Lieder zu sprechen, auf Lieder, von unseren Müttern gesungen, und auf die alten Singtänze, die unsere Mütter tanzten, unsere Mütter aus Rumänien und Griechenland. Und auf diese Weise formte sich in meiner Erinnerung und auf meinen Lippen das Lied von Nerrantsoula, der lebendigen und verlockenden, ein Lied und ein Tanz von den Gestaden Griechenlands, des Landes der Seeleute mit goldenem Herzen und einfachen Sitten.
Aufrecht, mein Glas in der Hand, mit den Fingern schnalzend, wie es auch meine Mutter Eleni getan, sang und tanzte ich Nerrantsoula.

Kato sto yialo
Kato sto perighiali ...

... Gesang und Tanz sind eine Welt. Und sie erwecken Welten. Der Tanz ist ein Wunder, der andere Wunder in sich birgt. Und Nerrantsoula ist ein Gesang, wunderbar wie ein Quell.
An jenem Tage erlebte Panaït die Auferstehung einer versunkenen Welt, und er selbst schien zu neuem Leben erweckt. Aufspringend, mit scheinbar ruhigem Gesicht, auf dem die Vergangenheit erwachte, doch in der Seele bittere Qual, murmelte er: »Was? Was singst du da? Was sagst du? Ne-ran-tsou-la? Ne-ran-tsou-la?« Er schien sich an die Schemen seiner Kindheit zu wenden, und allmählich nahm er das Lied auf und begann selbst zu singen und zu tanzen:

Nerrantsoula foundoti
Nerrantsoula mou kondi ...

Und neu belebte er eine längst entschwundene Welt. Ach! Wie sind wir doch ein Spielzeug unserer Träumerei!
Es war ein seltsamer Augenblick.
»Wenn du wüßtest! Wenn du wüßtest! Du läßt ein ganzes Leben wieder auferstehen! ...«
Und Panaït erzählte uns von den Zeiten in Brăila, den Zeiten der unerschrockenen und rebellischen Nerrantsoula, in deren Schicksal geschrieben stand, sie werde vom Volke besungen werden wie die Tochter des Meeres, die ferne symbolische Schwester der Aphrodite, und wie sie am Ende den Wogen zurückgegeben werden. Siegreich und

freudvoll entstieg sie dem Schaume des Meeres, um, von den Trugbildern des Lichts sich wendend, zurückzukehren in das Reich der Wogen und die letzten Illusionen mit hinabzunehmen, welche die Verzweiflung dem Sterblichen vergönnt.

Diese und mehrere andere Nächte haben wir im »Keller der Freundschaft« verbracht und Nerrantsoula in griechischen Worten besungen, Panaït und ich, bis er die Geschichte der unglücklichen und glückseligen Tochter von Brăila mit dem Schwunge eines Tänzers zu neuem Leben erweckte.

»Nerrantsoula« von Panaït, Spiel der Liebe und des Meeres, wird mit der getöteten Liebe dem Meere zurückgegeben – den sagenumsponnenen Fluten des Bosporus.

Die andere Nerrantsoula, die des Volkes, lebt und wird ewig leben im Herzen und auf den Lippen der Mütter und Töchter Griechenlands, Kriegen und Elend trotzend, jenen Todfeinden des Lachens und der Lieder.

Unsterblich wird sie bleiben
An den Gestaden
Der rosigen Inseln.
Unbezwungen,
Unbezähmbar,
Das Land durchschweifend
Mit ihren schneeweißen Füßen,
Deren Offenbarung
Die Welt erleuchtet
Wie ein Blitzstrahl auf dem Meere.

Nerrantsoula! Damit das Abendland dich begreife, muß man dich sehen und lesen, wie du geschrieben worden: wie ein alter und reiner Tanz von dereinst. Du bist im Tanze entstanden. Du mußt tanzend gelesen werden!

Nerrantsoula! Unter den Kindern Panaïts läßt du am stärksten die reiche und naturhafte Musik seiner Seele erklingen. Du bist Musik. Istrati und Nerrantsoula gehören zu jenen Erscheinungen, die besser zu erfühlen als zu begreifen und zu erklären sind.

Istrati, ein leichtsinniger Spieler im Spiel mit dem Golde, wirft immer wieder sein Herz von sich, ohne jemals den Wert seiner Münze zu erklären, ohne jemals zu wissen, ob diese Münze, seine Worte und seine Ideen, im Umlauf sind beim Spiele des Abendlandes.

So auch in Nerrantsoula: Ein großer und bedeutsamer Teil der Musik des Buches wird durch einen Refrain von fremdem und unerklärlichem Wohlklang ausgedrückt, einen Refrain, der sein Geheimnis ahnen läßt, aber doch nicht ganz preisgibt. Ein Refrain, der nach jedem Geschehnis in den rührendsten Augenblicken auftaucht: »Aman! More! Aman! Aman Nerrantsoula!« Er enthüllt uns das Herz der Menschen und zeigt uns, wie die Blumen des Lebens welken und vom bitteren Hauche des Leidens geknickt werden.

»Aman! More!«

Hier läßt Istrati, obwohl er französisch schreibt, Kopf und Herz ihre Muttersprache reden, die Sprache der Welt, die ihn hervorgebracht. Wenn er seine Musik der Melodie des Abendlandes anpaßt, so bewahrt sie doch etwas von den

Klängen einer anderen Welt, und dies »Aman More!« ist einer der schönsten Töne aus »Nerrantsoula«, der Rhapsodie einer Kindheit.
Aber Männer und Frauen aller Länder und aller Zeiten, die in Liebe oder Haß, opfernd oder leidend, frei oder hinter Kerkermauern, im Augenblicke der Geburt oder der Stunde des Todes, im Jubel oder im Schmerz das tragische Mysterium des Lebens verspüren und, an Gott oder die Menschen, an den Vater oder die Henker gewandt, die herzzerreißende Klage ausgestoßen haben: »Brüder! Brüder! Mitleid! Um der Bruderliebe willen! Zu Hilfe! Zu Hilfe! Denkt an unsere Brüderlichkeit! Kommt! Wir haben zuviel gelitten! Genug! Genug! Genug!« – sie alle müssen fühlen, daß dies »Aman«, das Istrati in den entscheidenden und grausamsten Augenblicken des Lebens seiner Genossen und Brüder singt, nichts anderes ist als der Schrei vor dem Schicksal, das über Götter und Menschen verhängt ist.

Apostolis Monastirioty

N E R R A N T S O U L A

Vor langer Zeit habe ich mehrere sonnige Winter in Alexandrien in Ägypten verbracht. Und wenn auch die Erinnerungen an jene Zeit nicht durchaus freudig sind, warum soll ich mich nicht an jenen wenigen köstlichen Augenblicken begeistern, die uns den Jammer des Daseins vergessen lassen und uns das Herz vor Freude zersprengen wollen?

Trotz meines Lebens voll harter Arbeit habe ich derartige Augenblicke kennengelernt. Die Wintersonne Alexandriens, seine Mittelmeersonne, schenkte sie mir. Um ihretwillen, um der blauen Fluten, um meiner Begierde zum Leben willen nahm ich das mächtige Stück Bitterkeit hin, das mir das Schicksal auf der gleichen Schüssel darbot.

Ich nahm es hin, denn ich fühlte, daß das Leben jenen die ganze Schüssel fortzieht, die ihre Hand ausstrecken, um sich nur die Sonne herunterzulangen.

Nur wenige glückliche Stunden vergönnte mir das Schicksal nach einem ganzen Tage lustloser Arbeit, aber ich steigerte das Maß des Glückes dadurch, daß ich freiwillig meinen Anteil an Bitterkeit vergrößerte: Ich entsagte vielen zum Leben notwendigen Dingen, um meine Augen um so mehr mit dem überflutenden Lichte zu tränken, um mich stärker an Himmel und Meer zu berauschen. Um es offen herauszusagen: ich war ein schlechter Arbeiter. Ohne Grund ließ ich die Arbeit im Stich, sobald eine Fliege mich

narrte, denn ich glaubte, sie könne mir etwas vom Sonnenlicht rauben.
Und so entfloh ich, bekümmert über diese Schwäche, die die Menschen so gerne mit Verachtung strafen ... Ich entfloh, von Freiheitsgefühlen geschwellt und doch aller Hoffnung bar.
Meine Beine, schwer von so teuer erkauftem Glück, führten mich stets vor die Tore Alexandriens nach Ramleh; die afrikanischen Palmen winken dort über das Mittelmeer hinüber ihren in Reih und Glied stehenden Brüdern zu, den Palmen der europäischen »Ramlehs« an der Côte d'Azur; das gleiche Meer liebkost und umtobt sie; freigebig, wie wir sie kennen, badet dieselbe Sonne sie mit ihren sengenden Strahlen.
Traumhafte Gaststätten gibt es in Ramleh, wie in allen Gegenden von zauberhafter Naturschönheit, wo die Reichen allein sein wollen, allein, um ihre mageren Freuden zu verdauen. Herr Gott, wenn man sieht, in welch erbärmlicher Art und Weise sie sich auf ihren Terrassen langweilen und an ihrer jämmerlichen Nichtigkeit zehren, lernt man verstehen, warum das Leben in seiner Ungerechtigkeit so erbarmungslos ist mit einem Armen gleich mir.
Und ich, der Bettler, wagte es, mich diesen von Reichen übervölkerten Stätten zu nähern, wo die Nargileh und der Kaffee, meine beiden süßen Laster, mit Preisen bezahlt wurden, die für meine Börse unerschwinglich waren. Aber nichts, was ich mir in meinem Leben gewünscht habe, war für mich unerschwinglich: Oft habe ich meine Freuden mit meinem Blut bezahlt, einer Münze, die die Banken nicht

kennen, und niemals habe ich es bedauert, denn im Licht zu baden, läßt mich die Traurigkeit meiner Existenz vergessen.

Ein Kaffee und eine Nargileh in Ramleh bei Alexandrien oder auf dem großen Kai von Smyrna, eine Stunde des Träumens, war manchmal das einzige, was einen langen Tag, ja eine ganze Woche lebenswert machte. Ich hielt es wie jener brave Rumäne im Volkslied:

> Für einen Abend, meinem Liebchen nah,
> gab ich die ganze Arbeit eines Sommers hin.

Ja, viel gab ich hin ... Man muß viel geben, um viel zu erhalten.

Und man gibt es selbstverständlich und ohne Anstrengung. Aber dies steht hier nicht zur Frage.

Wer das Licht liebt, liebt auch die Menschen. Nicht alle Menschen. Niemand liebt sie alle. Selbst Christus hat nicht so töricht geliebt.

Wir lieben, was uns in vieler Hinsicht gleicht. Wir lieben unsere Sehnsucht.

Eines Nachmittags saß ich in Ramleh auf einer Terrasse, die von einer Herde anmaßender Leute überfüllt war. Da sah ich einen Menschen. Auch er hatte mich gesehen. Und sofort wußte ich, was er suchte, was er betrachtete, was er fühlte; und er wußte dasselbe von mir; noch mehr: wir errieten in unserem offenen Blick die Tönung unserer Wünsche, das Wunder unserer Ähnlichkeit.

Solches geschieht nur selten. Oft habe ich mich in der Beurteilung von Menschen teilweise getäuscht. Niemals vollkommen. Doch will ich gern irren, denn nur auf das schöne Leben kommt es mir an, das gesund ist wie eine Quelle und gewaltig wie ein Blitzstrahl.

Ich liebe den Mann, der von Geburt an die Liebe zur Freundschaft in sich trägt. Ich liebe die Frau, deren Blut von Sinnlichkeit entflammt ist. Mit Raserei liefere ich mich ihnen ohne zu feilschen aus. Ich zahle dafür, aber niemals haben die erlittenen Enttäuschungen mich niedergeworfen, niemals werden sie die Summe meiner Wünsche verringern.

Mit der Leidenschaft eines Spielers suche ich überall mein Glück. Stets ist mein Einsatz hoch, denn ich verabscheue die Kleinlichkeit. Wenn ich mich irre, verliere ich nichts; der andere verliert.

Man verliert nichts, wenn man sich vollständig hingibt. Auch die Sonne erschöpft sich nicht, die ohne Vorbehalt und ohne Wahl alle bescheint. Und wenn ich siege, ist mir ein Schatz gewonnen. Ich spreche von der Liebe der Freundschaft, denn ach! die fleischliche Lust gleicht einem Blitzstrahl: sie ist gewaltig, aber ohne Dauer.

Aus solchem Holz bin ich geschnitzt, und so liebe ich. Ich bin dessen zufrieden. Meine besten Freunde nicht minder. Und Marco, den ich und der mich in kürzerer Zeit verstand, als dazu gehörte, unsere Nargilehs an jenem Tage in Ramleh zu rauchen, Marco war vielleicht der Glücklichste von allen.

Der liebe Kerl suchte aber sich zu wehren. Er wußte sehr

gut, daß dies nutzlos war, denn das Bedürfnis, zu lieben und unser Herz auszuschütten, ist stärker als die Scham, die uns zwingt, Wunden zu verstecken. Auf jeden Fall wollte er mir die Zurückhaltung eines Mannes von Welt beweisen, dieses »armen Mannes von Welt«, der von Gras lebt, Wasser trinkt, mit der Stärke von Mollusken liebt und seine kleinsten Narben verbergen will! An dem Nachmittag jenes unvergeßlichen Zusammentreffens ließ mich Marco mit ernstem Gesicht ohne ein Zeichen der Ermunterung im Stich und floh.

Wie ein Mann von Welt.

Sein Wolfshund ärgerte ihn durch übersprudelnde Munterkeit: Das Tier wollte einen Stein recht weit geworfen haben. Marco, in Gedanken versunken, ging, die Hände auf dem etwas gebeugten Rücken verschränkt, den Strand entlang und achtete nicht auf das Werben seines besten Freundes. Ich ließ mich von dieser Gleichgültigkeit nicht narren. Ich folgte ihm lange in ehrfurchtsvoller Entfernung und rief mir die Züge seines schönen Gesichtes ins Gedächtnis zurück, dieses Freundesgesichtes, das es zu erobern galt. Und eines Tages gelang es mir. Auf welche Weise? Das läßt sich nicht schildern.

Und nun vergeßt mich. Von mir wird hier nicht mehr die Rede sein. Hört diese Geschichte, die sich auf einem Fleckchen Erde zugetragen hat, das die meisten von euch nicht kennen. Es ist die Geschichte jenes Menschen, den ich auf der Terrasse in Ramleh entdeckte. Ich liebte ihn, ohne zu wissen weshalb, und das griechische Lied, das er sang, schnitt mir ins Herz. Es hob an:

Am Gestade des Meeres, am Strande,
Nerrantsoula foundoti!
Wusch eine Jungfrau ihr Kleid,
Nerrantsoula foundoti![1]

[1] Griechisch: kleiner buschiger Orangenbaum

Erster Teil

Ich war ungefähr sechzehn Jahre, als mein Vater ein Häuschen in der Judengasse zu Brăila kaufte. Wir richteten uns sofort darin ein. Ich wußte, daß wie gewöhnlich diese Wohnung uns nicht lange beherbergen würde, denn mein Vater kaufte verwahrloste Häuser, um sie wieder instand zu setzen und sie an den ersten besten zu verkaufen. Dies war sein sehr einträglicher Beruf. Der meiner Mutter war keineswegs anstrengend: sie stand ihrem Mann bei seinen endlosen Unterhandlungen mit ihrem Redeschwall bei. Ein Dienstmädchen besorgte den Haushalt und zankte sich mit den Arbeitern, die die alte Bude ausbesserten.
Meine Arbeit bestand darin, in die Kneipe an der Ecke zu laufen, um für meine Eltern und deren Kunden Wein zu holen, die bei ihrem Gerede über »Hausverkauf«, »Hauskauf«, dauernd tranken. Das alles war mir zum Sterben langweilig. Um mir die Zeit zu vertreiben, warf ich Mörtel in die Saucen unserer Köchin und Salz in den Gips der Maurer, was alle gegeneinander hetzte und Abwechslung in den Tumult brachte. Ich spielte auch gerne auf der Straße mit meinen großen Drachen, ohne Mütze, mit offenem Hemd dem Winde entgegenlaufend. Immer allein. Ja, allein, obgleich ich weder feige noch menschenscheu war. Aber ich hatte Angst vor den Steinen der Gassenjungen, besonders seit dem Tage, da einer dieser Steine mich traf und mir ein Loch in den Kopf schlug.

Aus diesem Grunde hielt ich mich nach unserem jüngsten Umzug in die Judengasse abseits von den Burschen unserer neuen *mahala*[1]. Wenngleich ich mich unter »Judenkindern« befand – die ja furchtsam und ungefährlich sein sollten –, so gab es doch tausend Möglichkeiten, sich den Kopf einschlagen zu lassen; denn gerade diese Feigheit verlockte die kleinen Rumänen der Umgegend, die Judenkinder in ihrem Viertel zu verprügeln. Hemd und Taschen mit Steinen vollgepfropft, überfluteten sie die Straße, und von morgens bis abends flogen die Geschosse in allen Richtungen. Selbst im Hof hinter dem Zaun trafen sie einen noch. Wohl oder übel mußte ich diesmal auf das schöne Vergnügen verzichten, das ich sonst nach jedem Umzug auskostete: in den Straßen herumzubummeln, die neue Gegend auszukundschaften und neue Menschen und neue Sitten kennenzulernen. Statt dessen bot sich mir ganz unerwartet eine Gelegenheit, die meinen Durst nach Liebe zu stillen versprach.

In den sogenannten *mahalas* sind die Höfe durch alte Staketenzäune voneinander abgetrennt. Man kann alles sehen, was sich dahinter abspielt. Und da man dort unten sehr neugierig und wenig höflich ist, so beobachtet man das Treiben seines Nachbarn mit Seelenruhe. Ich selbst tat es auch nach dem Beispiel der Erwachsenen, die sich nicht entblödeten, bei Gelegenheit einander ins Gesicht zu spukken oder den nackten Hintern durch eine Öffnung des Zaunes zu zeigen.

[1] Vorstadtviertel (Anm. d. Hrsg.)

Ich für meinen Teil hatte keine Lust, jemanden zu verhöhnen oder anzuspucken. Ganz im Gegenteil: Zu meiner Freude sah ich im rechts gelegenen Hof jeden Morgen ein Mädchen von vierzehn oder fünfzehn Jahren, das sich furchtlos umhertummelte wie ein Fisch im Wasser und nicht bemerken wollte, daß ich es ihr brennend gern gleichgetan hätte. Aber sie war ein Mädchen, und wie sich die Hündin nicht vor dem Biß der Rüden fürchtet, so hatte sie nicht die Steine der Burschen zu fürchten. (Wenn der Knabe zum Mann geworden ist, verliert er diese Rücksichtnahme und schlägt sogar die schwangere Frau.)
Schwarzbraun und langhaarig wie eine Zigeunerin. Den dicken Zopf sorgfältig geflochten. Das Gesicht – oval, sehr ernst, mit großen durchdringenden Augen und vollen Lippen – war stets sauber gewaschen, ebenso die Hände, Beine und Füße.
Sie hatte aber auch nur mit Wasser zu tun. Von Sonnenaufgang an sah man sie, die Arme mit zwei Zinkeimern beladen, zwischen der Pumpe des Viertels und den Häusern, die sie zu versorgen hatte, unermüdlich hin- und hergehen, für einen Para die Tour, mit der ausdrücklichen Bedingung, daß die Eimer »ganz voll« sein müßten. Um mit der Arbeit fertig zu werden und um gut ausschreiten zu können, trug sie sie an einem Bügel aus hartem Holz, in dessen Mitte die kleine Trägerin einherschritt. Trotzdem mußte diese Arbeit aufreibend sein, denn ich sah sie oft mit angespanntem Gesicht, mit verzerrtem Mund, mit hängender Unterlippe, in Schweiß gebadet; aber niemals traurig, niemals niedergedrückt, stets fröhlich und zu Schelmen-

streichen aufgelegt, sobald sie ihre Bürde abgestellt hatte. Nicht etwa zu dummen Streichen mit Straßenkindern, sondern zu Spielen allein in ihrem Hof, mit den schönen kleinen Hündchen, die sie wusch, mit unzähligen Bändern schmückte und unaufhörlich liebkoste. Wenn sie jedoch genug hatte von ihren Lieblingen und ihre Wege erledigt waren, verschwand sie plötzlich. Stundenlang sah ich sie dann nicht mehr. Mit verklärtem Gesicht kehrte sie zurück, ergriff ihre Eimer und erledigte ihre Arbeit. Dann warf sie sich in den Schatten eines Maulbeerbaumes und beschäftigte sich wieder mit der Toilette ihrer Hunde, auf die sie alle Sorgfalt und mütterliche Zärtlichkeit verwendete.

Niemand, der für sie sorgte. Keine Bevormundung. Keine Eltern. Kein Geschrei, keine Flüche. Nur Rufe nach Wasser von allen Seiten.

Die Nacht verschlang sie und ihre Hunde, nur noch Gemurmel von zärtlichen Worten, mit denen sie die Tiere in den Schlaf sang.

Der Morgen fand sie wieder unter ihrem Tragbügel, in fröhlicher Erregung Arm und Hals angespannt, die Fäuste die Henkel auseinanderhaltend, die Lippen ein wenig zitternd.

Danach wieder die Hunde, das plötzliche Verschwinden, die strahlende Wiederkehr.

Dies alles sah ich eines Sommers zu Anfang der großen Ferien.

»Mutter, wer ist dieses Mädchen, das Wasser trägt?«

»Eine Waise.«

»Wie heißt sie?«
»Ich weiß es nicht. Niemand weiß es. Man nennt sie Sacagiţa.«[1]

»Eine Waise ... Vor einem Jahr hierhergekommen, Gott weiß woher ... Sie hat sich stets geweigert, ihren Namen zu nennen und den ihrer Eltern ... Stana, die alte Hauswirtin, hat sie aufgenommen ... Man nennt sie die Wasserträgerin.«
Dies war ungefähr alles, was »man« über jenes Mädchen wußte. Und als »man« seine kalte Neugierde befriedigt sah, gab man dem Eindringling den Namen Sacagiţa, drehte ihm den Rücken und ging wieder seinen Geschäften nach, Geschäften des Erraffens, Geschäften des Zusammenscharrens. »Häuser verkaufen«, »Häuser kaufen«.
Arme *Welt*! ... Und du, armer *Mann von Welt!* ... Wie sehr bedauere ich euch! ... Auf eurem Wege begegnet ihr einem Wesen mit verkrampften Kinnbacken, erstarrt durch die Kälte des Lebens, und um ihm eure Wärme, eure große Menschenliebe zu beweisen, fragt ihr ihn gierig: »Sage mir, Unbekannter – solange du noch auf den Beinen stehen kannst –, wer du bist, woher du kommst, was du von unserer Meinung hältst und was du unter uns zu tun gedenkst?« Und der Unglückliche, der die Zähne nicht mehr auseinander bekommen kann, um euch zu antworten oder euch wenigstens anzuspucken, blickt euch an. Und so, schlecht

[1] Rumänisch: Wasserträgerin

wie ihr seid, dreht ihr ihm den Rücken, hängt ihm einen geliehenen Namen an, wie man einen alten durchlöcherten Kochtopf am Schwanze eines Hundes befestigt, und lauft wieder euren Geschäften nach. Ihr macht euch aus dem Staube: arme Welt . . ., und auch du, armer »Mann von Welt« . . .
Wie bedaure ich euch . . .

Als ich mich eines Tages schüchtern dem Zaun näherte, redete die kleine Einsiedlerin mich zu meiner größten Überraschung an: »Warum spielst du immer nur im Hof?«
Oh! Wie mir dies Zeichen von Zuneigung wohl tat! Mein Herz kopfte rasend. Ich fühlte, wie meine Wangen zu glühen begannen. Die Worte fehlten mir. Ich senkte die Augen.
Sie stand aufrecht an der anderen Seite der Zaunspalte, streichelte ihren kleinen Lieblingshund »Leu«, den sie gegen ihre Brust drückte, und wiederholte nochmals weich und wohlklingend: »Warum? Warum? . . . Marco . . .«
Ich fuhr zusammen und stotterte: »Du weißt also, daß ich Marco heiße?«
»Ich habe dich so rufen hören . . .«
Mit einiger Selbstüberwindung gelang es mir, ihr ins Gesicht zu sehen und zu fragen: »Und du, wie heißt denn du?«
Ohne zu Zögern antwortete sie: »Sacagiţa.«
Es war, als ginge mir ein Dolchstoß durchs Herz. Ich drehte mich um und entfloh, um einsam zu weinen.
Sie nahm also diesen schrecklichen Spitznamen ruhig hin

Sacagiţa! Mit diesem Namen rief man das lieblichste Wesen meiner Kindheitstage!
»Was liegt daran?« sagte sie mir am nächsten Morgen, als ich ihr meine Empörung und meinen Widerwillen eingestand. »Was liegt daran? *Man ist, was man ist. . .*«
Und flüsternd: »Bin ich für dich auch eine Sacagiţa?«
»Für mich! . . . Oh! Für mich! . . . Nein! Nein!« Ich riß eine Planke aus dem Zaun, schlüpfte durch die Öffnung und erdrückte sie in meinen Armen.
Ihr Körper war hart wie Stein. Ein mir noch unbekannter Geruch, der Geruch eines geliebten Körpers, brachte mir das Blut in Wallung. Er war wie der Duft einer fremdländischen Frucht, die man zum ersten Male kostet.
Hastig ließ ich sie los und kehrte in unseren Hof zurück. Dann sahen wir einander in die Augen. Die ihren, weit geöffnet, blickten fast ein wenig erstaunt. Ihr Gesicht war vollkommen unbewegt, ruhig, frei von jeder Erregung. Mir dagegen . . . mir stand das Herz still.
Niemand in unserer Nähe. Hof und Straße wie ausgestorben.
Dies geschah an einem drückend heißen Nachmittag im August. Alle Daheimgebliebenen in unserer Vorstadt schliefen, nachdem sie die Fliegen verjagt und die Fensterladen geschlossen hatten.
Die folgende Woche brachte ein Ereignis, das mich das Herz meiner Freundin gewinnen ließ.
Es war eines Morgens. Sie stapfte mutig von einem Ende des Stadtteils zum andern und brachte ihren Kunden Wasser. Während dieser Zeit spielte ich mit meinem Drachen

auf der Straße, ganz nahe bei meiner Tür. Der Drachen flog sehr hoch. Ich hatte ihm alle Schnur meines Knäuels zur Verfügung gestellt, um ihn im Hochflug auszuproben. Ich sah und hörte nichts. Meine ganze Aufmerksamkeit war auf die Vorzüge und Fehler meines Spielzeugs gerichtet, als ein Schrei aus der Ferne mich erzittern ließ: Es war die Stimme meiner Freundin.

Ganz am Ende der Straße ließ sie die Eimer fallen, schlug in die Hände, schrie, rannte in wilder Hast wie eine Verzweifelte auf mich zu und machte mir Zeichen. Ich drehte mich um und sah einen mit zwei Pferden bespannten Wagen in vollem Galopp herankommen, während mitten auf der Straße der kleine Tolpatsch Leu, der aus dem Hof entkommen war, sich seelenruhig und unbekümmert der Gefahr am Ohr kratzte. Ein Augenblick des Zögerns, und der Lieblingshund meiner Freundin wäre überfahren worden.

Ich lasse meinen Drachen los – der aus den Wolken fallen wird –, ich stürze vor und entreiße das Tier den Hufen der Pferde; aber ich werde vom Wagen umgerissen und liege bewußtlos auf der Straße.

Beim Erwachen eine Menschenmenge um mich herum. Man reibt mir einige zerschundene Rippen mit Alkohol ein. Man schreit durcheinander.

Dann gingen die Menschen wieder an ihre Arbeit, und ich konnte mich allein zu unserem Zaun schleppen.

Meine Freundin erwartete mich dort, Leu in ihren Armen. Sie reichte ihn mir durch die Öffnung, aber als ich ihn nahm, erschreckte mich das Gesicht des geliebten Mädchens.

»Warum bist du so bleich?« fragte ich sie.
»Ich schenke ihn dir!« stieß sie mit erstickter Stimme hervor. »Wirst du ihn auch lieben können?«
»Oh ja.«
»Und was vermagst du für das, was du liebst, zu tun?«
»Alles!«
»Das ist wahr ... Du hast es mir bewiesen ... Ich bin dumm ... Verzeih mir.«
Und diesmal war sie es, die durch die Öffnung trat, meinen Kopf in ihre Hände nahm und mich auf beide Wangen küßte.
Es waren die ersten und einzigen wonnigen Küsse in meinem Leben, die mich nichts weiter kosteten als etwas Schmerzen in den Rippen. Die anderen, alle anderen ... Doch davon später!

Meine Rippenschmerzen fesselten mich dennoch mehrere Tage ans Bett. Die Herrin Leus und meines Herzens besuchte mich alle Nachmittage eine Stunde oder länger und liebkoste ihren Hund.
Ich hätte meine ganze zwecklose Gesundheit hingegeben, um dieses Glück länger auszukosten. Ewiger, dein Werk sei gepriesen! Wir halten es für unvollkommen, weil wir blöde sind, aber verzeih uns und kümmere dich nicht um das, was unser armseliger Verstand sagt. Nur eines ist zu bedauern: daß du nicht daran gedacht hast, uns ein zweites Herz an Stelle dieses armen, lästigen Gehirns zu geben!
»Marco«, sagte meine Freundin an einem Augusttag, der

reich an Sonne, Fliegen und feinem Staub war, als sie auf meinem Bett saß, »Marco, bist du eifersüchtig?«
Und indem sie dies sagte, wurde ihr Gesicht ebenso blaß wie damals, als sie sich von ihrem Hund trennte, den ich gerettet hatte.
»Eifersüchtig?« stieß ich hervor. »Warum diese Frage? Und weshalb diese Angst?«
»Weil ich dich liebe, *dich und noch einen anderen!* . . .«
Als ich dieses Geständnis hörte, wurde es mir schwarz vor den Augen, das Bett begann zu schaukeln, und beinahe hätte ich Leu erdrückt.
»Ja«, fügte sie hinzu, »ich liebe euch beide, wie *ein* Wesen, wie ich Leu liebe. Jetzt kennst du alles, was ich liebe. Du darfst nicht böse werden. So ist's nun einmal.« Sie umarmte mich heftig, aber es wäre mir lieber gewesen, wenn sie mir mit einem Hammer vor die Stirn geschlagen hätte.
Ich empfand sofort, daß ich nun nicht weinen dürfe, denn ich ahnte, daß ich es mit einem starken Gegner zu tun hatte. Daher blieb mir nichts anderes übrig, als mich stark zu zeigen, stärker als die beiden, sonst würde es mir nicht gelingen, meinen Platz zu behaupten. Dies fühlte ich. Die Zeit gab mir recht. Bitter recht . . .
»Wer ist dein *anderer?*« fragte ich bekommen.
»Du wirst ihn kennen lernen, wenn wir über den Graben springen bei den ›*Nerrantsoula foundoti*‹.«
»Bei den was? *Nerrantsoula foundoti?* Was ist das?«
Ich wußte wohl, was diese griechischen Worte bedeuteten, denn ich sprach sehr gut Griechisch; und trotzdem verstand ich nichts und sah sie dumm an.

Sie brach in ein herzhaftes Lachen aus, so schön, so klangvoll und so verwirrend, daß ich mein ganzes Leid vergaß. Auch Leu nahm Teil an unserer Freude. Und alle drei rollten wir uns auf dem Bett, lachten, bissen uns und lärmten, wie drei glückliche Tiere.

»Sprich, meine Liebliche, meine Schöne ... Nerrantsoula ...«

»Du nennst mich *Nerrantsoula?*« fragte sie bestürzt.

»Ja, aber ...«

»Das ist doch nicht am Ende auch so etwas wie *Sacagiţa?*«

»Nein! Nein! Nerrantsoula bedeutet: *kleiner Orangenbaum*; und foundoti: buschig. Das bist du also für mich: mein kleiner, buschiger Orangenbaum. Es ist der Refrain eines griechischen Liedes, den du irgendwo gehört hast und wie ein Papagei nachplapperst. Was für ein Graben ist das, über den du springst, und wo liegt er?«

»In der Uliţa Kalimera![1] ... Dort haben Arbeiter die ganze Straße von einem Ende bis zum andern aufgerissen und legen Röhren, die Wasser bis in die Zimmer bringen werden, behaupten sie. Beim Präfekten soll es schon fertig sein. Du gehst an die Wand, drehst an einem Ding, das sie Hahn nennen, und das Wasser läuft von selbst heraus. Das möchte ich gern einmal sehen! Kannst du dir das vorstellen, daß das Donauwasser *von selbst* bis in die Zimmer fließt? Unsinn! ...«

Ich wußte nicht besser als sie, ob es möglich sei, daß das

[1] Straße der Griechen, von den Rumänen so benannt, weil sie die Griechen immerzu »kalimera«, das heißt guten Tag, sagen hörten

Donauwasser von selbst in die Küchen fließe, und glaubte nicht recht an das Märchen von dem »Hahn«, den man »in die Wand nagelt«, »dreht«, und der einen Wasserstrahl »ohne Ende« laufen läßt, jawohl, ohne Ende, so daß die ganze Donau ins Zimmer geleitet werden könne.

Aber ich wußte und glaubte etwas anderes: vor allem, daß meine Nerrantsoula einen Griechen liebte in dieser »Ulița Kalimera«, die die Behörden aufrissen, daß sie dorthin jeden Nachmittag lief, und daß sie von dort beseligt und blühend zurückkehrte wie das Leben selbst.

Was ging dort vor? Wer war dieser Bursche, der mir die Hälfte meiner Freundin nahm?

Ein Stachel saß mir im Herzen. Ich hätte meinen Nebenbuhler umbringen mögen, aber ich konnte weder zuschlagen noch einen Stein werfen.

Ich sah ihr fest ins Auge.

»Hast du *den anderen* auch so geküßt, wie du mich geküßt hast?«

»Ja. Aber es ist nicht dasselbe – du und er, ihr seid ganz verschieden. Mußt nicht böse sein. Du mußt selbst sehen . . .«

»Was muß ich sehen?«

»Epaminonda . . . *den anderen* . . . Er ist so tapfer, du wirst ihn auch lieben.«

Die Nacht senkte sich sanft über einen Tag voll mörderischer Hitze.
Wir sperrten Leu mit den beiden anderen Hunden zusammen ein und gingen nach der »Uliţa Kalimera«. Der abgekühlte Staub in den Straßen tat unseren nackten Füßen wohl. Die ganze Straßenjugend war draußen. Sie riefen uns zu, aber wir hörten nicht auf sie. Andere Gefühle beherrschten uns.
Nerrantsoula schien sorglos, ihre Haltung ruhig; die Gelassenheit in diesem schönen Jungmädchengesicht, die Arme – kräftig wie zwei starke Schlangen, gehärtet durch die schweren Eimer – die ruhig herabfielen, der Körper, von harter Arbeit gestählt; dies alles erschreckte mich und zog mich an. Ich konnte nur mit Mühe die Lust bezähmen, sie zu beißen und sie dadurch zum Schreien zu bringen.
Warum hatte sie mir eingestanden, daß sie noch *einen anderen* habe? Diesen »anderen« ertrug ich nicht.
O Selbstsucht der Sinnenlust! Soll ich dir fluchen oder dich segnen? Heute, wo ich vom Gipfel des Lebens aus alles Gute und Böse betrachte, frage ich mich, ob das Leben ohne dich sein könnte, ohne dich, du mordende Sinnenlust!
Es war fast vollständig dunkel, als wir in der von den Griechen bewohnten Straße ankamen. Ein schier endloser Graben lag zu unseren Füßen. Nirgends eine Laterne. Ein Riß, schwarz und tief, an beiden Seiten von herausgeschaufelter Erde eingedämmt, verlor sich in geheimnisvoller Nacht, dem Weg unseres Schicksals vergleichbar. Einige Petroleumlämpchen verbreiteten hie und da ihren düsteren

Schein, wie trübe Ahnungen, während sich rechts und links kleine Hütten wie unheildrohende Fallen aneinanderreihten.
In sinnloser Wut packte ich Nerrantsoula an den Schultern, drückte sie an meine Brust und sagte: »Was soll das Ganze?«
Sie umschlang mich wild und flüsterte, die Augen auf den Graben gesenkt, fast unhörbar: »Ich weiß es nicht . . . Es gefällt mir . . .«
»Laß uns fliehen!« murmelte ich und erdrückte sie fast in meinen Armen. »Laß uns fliehen und vergiß diesen Ort! Komm nie wieder hierher zurück!«
Sie schwieg und regte sich nicht.
Und dann prophezeite ich ihr in einem Aufschrei: »Du wirst es teuer bezahlen müssen, wenn du dich nicht zur rechten Zeit besinnst: Die Griechen sind gefährlich!«
Sie schwieg beharrlich, preßte mich an sich und starrte in den Graben, der jetzt schwarz wie Pech war.
Plötzlich erhoben sich Stimmen in der dunklen Ferne. Ein Haufen Kinder sang, und indem sie näherkamen, unterschieden wir Melodie und Worte. Ich fühlte den Körper meiner Freundin erschauernd zusammenzucken.

Am Gestade des Meeres, am Strande,
Nerrantsoula foundoti!
Wusch eine Jungfrau ihr Kleid,
Nerrantsoula foundoti!

Mit einer Heftigkeit, die ich in ihr nicht vermutet hatte, entwand sie sich behende meinen Armen, wie ein eben aus dem Wasser gezogener Fisch. Sofort begann sie, unentwegt kreuz und quer über den Graben zu springen, den Sängern entgegen, und bei jedem Sprung über den verhexten Graben wiederholte sie: »Nerrantsoula foundoti! . . . Nerrantsoula foundoti!« . . .
Wie festgenagelt blieb ich stehen, und so lange es möglich war, folgte mein Blick dem verschwimmenden Schatten meiner Nerrantsoula. Dann herrschte einige Minuten eine tödliche Stille; endlich erklang die geliebte Stimme in der Finsternis: »Marco! Komm her, Marco! Komm!« Eine Sekunde lang hatte ich den Wunsch, zu fliehen und sie nie wiederzusehen; aber das Schicksal ist unerbittlich, und ich unterwarf mich, als ob zwei schmeichelnde Hände mich vorwärtsgetrieben hätten: Geh, geh zu ihr, die dich ruft!
Ich ging . . . wie ein Automat.
Ein einzelner Lampion und zwei Schatten, die von Epaminonda und Nerrantsoula, tauchten aus der Finsternis auf, und nach weiteren zwanzig Schritten andere Lichter und andere Umrisse: etwa zehn Griechenjungen, zehn bis fünfzehn Jahre alt, alle barhäuptig, mit nackten Beinen und Füßen. Die Lampions, die in ihren Händen schwankten, waren aus großen ausgehöhlten Wassermelonen gemacht und in geometrischen Formen durchstochen: durch die runden, quadratischen, dreieckigen, rechteckigen, sichelförmigen Löcher fiel der Schein einer Kerze. In manchen dieser Lampions waren die Ausschnitte mit durchsichtigem bunten Papier beklebt.

Als ich näherkam, stand Epaminonda still. Seine Bande, in gebührender Entfernung, tat es ihm nach. Ich begriff, daß ich es mit einem Befehlshaber zu tun hatte. Alle Griechen werden als Befehlshaber geboren. Er hob seine Laterne hoch und beleuchtete einen Augenblick unsere beiden Gesichter, während Nerrantsoula, die Hände auf dem Rücken verschränkt, aufrecht neben uns stand.
Das knochige, sonnenverbrannte Gesicht Epaminondas gefiel mir sofort. Aufrichtigkeit sprach daraus. Er war ein wenig älter und kräftiger als ich. Der von mir so verabscheute griechische Hochmut war an ihm nicht zu merken. Er gab mir die Hand und sagte mit fast männlicher Stimme: »Guten Abend, Marco! Sei willkommen in unserer *mahala*. Nerrantsoula (man nannte sie hier schon Nerrantsoula!) erzählt, daß du tapfer bist. Ich bin auch tapfer. Und sie auch. Es wird sich zeigen, wie weit wir zwei Tapferen kommen, die wir ein tapferes Mädchen lieben. Jetzt wollen wir zusammen singen und marschieren. Du kannst Griechisch, wie es scheint?«
Ohne meine Antwort abzuwarten, stellte er sich an die Spitze seiner Bande – Nerrantsoula zwischen uns – und kommandierte: »He! Palikari! . . . eins, zwei drei:

Am Gestade des Meeres, am Strande,
Nerrantsoula foundoti!«

In taktfestem Marsch, federnd vor Vergnügen! Der Boden dröhnte unter unsern harten Schritten. Unsere Herzen dröhnten mit. Erhobenen Hauptes überschrie Epaminon-

da alle anderen Stimmen, und es schien mir, als ob der Graben, auf dessen aufgeschaufelten Wällen wir entlang gingen, nun weniger düster sei.
Nerrantsoula und ich schwiegen: aber sie war weit davon entfernt, so unempfindlich zu sein, wie es schien, ich fühlte ihren Körper gleich der schwingenden Saite einer Harfe zittern. Ihr Zopf schlug Takt zu ihren Schritten, und ihre linke Hand umklammerte meinen Arm wie eine Zange.
Ich fühlte mich recht glücklich und sogar fähig, siegreich gegen diesen Epaminonda zu kämpfen, der prächtig sang und noch besser marschierte; während ich mir überlegte, wie dieser Abend enden würde, hatte sich unsere umstrittene Freundin plötzlich von uns losgerissen, sprang wieder im Zickzack über den Graben und verschwand in der Nacht mit ihrem Refrain: Nerrantsoula foundoti! Nerrantsoula foundoti!
Von weitem nur verriet sie ihr Schatten, kurze Augenblicke lang, wenn sie vor einer Laterne vorbeihuschte, und dann sahen wir sie nicht mehr.
Ich war bestürzt. Mit einem Händedruck sagte mir Epaminonda ruhig: »Gute Nacht, Marco . . . Heute Abend kommt sie nicht wieder. Sie ist toll.«
Einsam und traurig kehrte ich heim. Doch als ich am Zaun stand, trieb mich ein unbezwinglicher Wunsch, sie aufzusuchen.
Ihr kleines Zimmer lag am Ende des Hofes, die Tür stand weit offen. Mondlicht überflutete das Gesicht der schlafenden Nerrantsoula, Leu lag in ihren Armen, die anderen beiden Hunde ihr zu Füßen.

Ihre Kleider lagen umher, Eimer und Trage standen in einer Ecke.
Auf den Zehen schlich ich näher und drückte meine Lippen leicht auf die Stirn dieses unbegreiflichen Mädchens. Sie erwachte nicht. In jener Nacht schloß ich kein Auge.

Die Kindheit und das beginnende Jünglingsalter sind Lebensabschnitte, die niemand begreift, obgleich sie jeder erlebt hat. Eltern und Ehegatten verstehen sie ebensowenig wie Unverheiratete; und es ist gut so, denn sonst wäre das Leben unsagbar eintönig: Kindheit, Jugendzeit, Reife und Alter sind vier Leben, vier Formen des Daseins; sie alle in eine Form pressen zu wollen, hieße sie alle zerstören.
Heute weiß ich, daß das Lebensfluidum, das jeden seinem Temperament gemäß durchströmt, vom ersten Atemzuge an das Recht fordert, sich zu äußern, und daß es dem, was wir Logik, gesunden Menschenverstand, Vernunft nennen, vollkommen fremd ist. Vernunft hat nur der Schöpfer. Wir können uns unterwerfen oder uns auflehnen, das ist alles. Und das ist unser Schicksal. *Auf unserer Stirn steht es geschrieben*, sagt der Orientale.

Geschrieben stand es auf der Stirn von Nerrantsoula, auf der von Epaminonda und auf der meinen: In unserer Wildheit würden wir uns finden, in unserer Liebe einander vernichten.
Meine Vernunft riet mir in jener schlaflosen Nacht, mit den

Griechen, ihrem Hauptmann, ihren Liedern und ihrem düsteren Graben zu brechen. Ich war entschlossen, keinen Fuß mehr in die »Ulița Kalimera« zu setzen, aber am nächsten Morgen kam Epaminonda und machte mir einen verführerischen Vorschlag: »Du kennst Miu«, sagte er ernst. »Nun, Nerrantsoula sagt immer wieder, daß Miu der Geschickteste im Drachensteigenlassen ist. Keiner kann an ihn heran. Das ärgert mich. Und dich?«
Ich war schon rot vor Wut, als ich hörte, daß Nerrantsoula einen anderen als mich im Drachensteigenlassen bewunderte. Ich hatte Drachen in allen Größen. Und der größte, mit Leinwand verstärkt, war fünf Handbreit länger als ich! Niemand verstand sie so haltbar, so gut ausgewogen herzustellen wie ich. Keiner konnte mich schlagen in der Kunst, zwei Drachen zu verheddern.[1]
Epaminonda, der wußte, was für Verheerungen meine Drachen angerichtet hatten, trieb mich dazu, dem einzig würdigen, mir ebenbürtigen Gegner, Miu, die Stirn zu bieten. Tat er es in der Hoffnung auf meine Niederlage, um mich vor den Augen unserer Freundin zu demütigen? Das mußte ich herauskriegen: »Nerrantsoula hat mir nie etwas davon gesagt, daß sie Miu für geschickter hält als mich.«
»Sie wird es dir sagen, wenn du sie fragst.«
Wir standen vor meiner Tür. Nerrantsoula machte ihre

[1] Ein Kampfspiel, das manchmal in blutige Schlägereien ausartet. Es kommt darauf an, die Drachen hoch oben in den Lüften, mitunter in einer Höhe von 200 Metern, zu verheddern. Sieger ist, wer die geschickteren Hände besitzt und dem Gegner den meisten Bindfaden und damit auch den Drachen entreißt.

letzten Morgenwege. Sie kam und ging in aller Eile an uns vorbei, mit erhitzten Wangen, von Sonne übergossen; in ihren Eimern voll kristallklaren Wassers zitterten Sonnenstrahlen. Jedesmal, wenn sie an uns vorüberkam, schien uns ihr kurzer Blick zu sagen: *Bald bin ich bei euch.*

»Wir werden sie brauchen, wenn wir uns auf den Kampf mit Miu einlassen«, sagte Epaminonda.

»Willst du mir denn helfen?«

»Aber sicher! Miu läßt sich auch beim Ziehen helfen und noch dazu von Erwachsenen, von seinen Brüdern.«

»Und was sollen wir mit Nerrantsoula? Sie ist doch bloß ein Mädchen.«

»Ja, aber sie kann mit Leichtigkeit mehreren Jungen das Gesicht blutig schlagen. Um das fertig zu bringen, braucht sie nur ihre Schürze mit Steinen zu füllen und zu werfen. Keiner in der Stadt kann auf hundert Meter mit einem Stein treffen, aber Nerrantsoula verfehlt von zehn Würfen höchstens einen. Man weiß das und macht einen Bogen um sie. Sie ist toll.«

Als die Docks Mittag pfiffen, kam Nerrantsoula angewirbelt, gab uns jedem einen Klaps und verschwand, um zuerst nach ihren Hunden zu sehen. Sie trug ein Paket unterm Arm: »Hier ist Wurst, Brot und Wein. Wir wollen draußen im Grünen essen. Heute Nachmittag habe ich keine Arbeit mehr.«

Epaminonda folgte ihr unruhig mit den Augen und schüttelte mißbilligend den Kopf: »Ich sag dir's ja, mein Lieber: Sie ist verrückt! Siehst du's jetzt? Sie vertut ihr sauer verdientes Geld. Und dabei weiß sie, daß ich Geld habe, das mich nichts kostet; ich klau es meinem Vater, wenn er im Spiel gewinnt und besoffen wie ein Vieh nach Hause kommt.«

»Das ist deine Sache«, antwortete ich ihm, »aber ich mag es nicht, wenn du ihr unaufhörlich Schimpfworte anhängst wie ›verrückt‹, ›toll‹ und ähnliches. Sie ist ein tapferes, unglückliches Mädchen, das mir sehr gefällt ...«

»Aha, sie gefällt dir! Und mir? ...«

Unschlüssig sah er mich an, dann beugte er sich vor und kratzte seine mit Schrammen bedeckten Knie.

Ich rannte in die Scheune und holte meinen größten Drachen, denn ich spürte, daß günstiger Wind aufkam. In diesem Augenblick folgte uns Nerrantsoula, sorgfältig gekämmt und gekleidet, schön, wie ich sie noch nie gesehen, und intensiv nach Flieder duftend. Sie stampfte wie ein Fohlen, doch blieb sie immer stolz, mit ernstem Blick.

O ich Ärmster! Als ich sie so bezaubernd sah, hätte ich nicht nur Epaminonda, sondern auch meine Eltern ihretwegen ermorden können. Ich glaube, mein Nebenbuhler fühlte dasselbe, denn er verschlang sie ebenso mit den Augen wie ich.

»Wohin gehst du mit deinem Untier?« fragte sie mich voll Bewunderung. Da schwoll mir das Herz.

»Ich will mich mit Miu messen ...«

»Mit Miu! ... Wirklich? Du willst es wagen?«

»Ja, für dich ... Epaminonda sagt, du hältst Miu für stärker als mich –«

»Ja, das stimmt. Aber nimm Miu seinen Drachen weg und ...«

»Und was?« schrie Epaminonda erregt.
»Das geht dich nichts an!« schnitt ihm Nerrantsoula das Wort ab.
Wir brachen auf, um in Mius Viertel zu gelangen, wo sich ein großes Brachfeld ausdehnte. Auf dem Wege lief Epaminonda zu seinen Knirpsen, um ihnen zu sagen, daß sie uns nach dem Mittagessen folgen sollten.
Ich benutzte seine kurze Abwesenheit, um meiner Freundin fest die Hand zu drücken: »Liebe nur mich, Nerrantsoula! Gehöre mir allein!«
Mit ihren festen Fingern streichelte sie mich sanft und antwortete: »Mußt nicht eifersüchtig sein, Marco . . . Das ist dumm! . . . Versuch, Miu zu besiegen, und ich werde dich küssen, totküssen.«
Warum mußte ich Miu besiegen, ehe mich Nerrantsoula küßte? Das konnte ich nicht begreifen. Miu und seine beiden älteren Brüder waren ob ihrer Gewissenlosigkeit berüchtigt. In ihren Bereich einzudringen und ihnen, selbst mit vollem Recht, einen Drachen entführen zu wollen, hieß, sich halb totschlagen lassen. Was half's! Dieser Kuß, den Nerrantsoula mir nach dem Siege versprochen hatte, wog die Gefahr des Unternehmens auf.
Aber da wir beide im Kampfe stehen sollten, und da sie wußte, was uns bevorstand, hielt es unsere großmütige Freundin für angebracht, uns beiden während der Mahlzeit im Grünen einen Vorschuß zu geben. Sie umschlang uns von hinten und küßte uns auf die Schläfe, ohne Böses zu wollen, berauscht von zu schnell getrunkenem Wein. Er wie ich hielten den Kuß, den sie dem anderen schenkte, für

überflüssig. Und wir waren verstimmt. Sie bemerkte das und sagte: »Müßt nicht böse sein! Das ist dumm . . .«
Und ich las in Epaminondas Augen: »Und du glaubst wirklich, daß sie nicht verrückt ist?«
Nerrantsoula war es einerlei, was wir glaubten. Sie nahm meinen Drachen und ließ ihn steigen. Ich hinderte sie nicht daran, auf die Gefahr hin, daß sie ihn beschädigte.
Es geschah aber nichts dergleichen. Der Drachen erhob sich sofort und ließ seinen zwanzig Meter langen Schwanz in der Luft baumeln. Alle Müßiggänger erschienen vor ihren Türen, durch die kühne Herausforderung Mius auf seinem Felde erregt und verwundert über die Gewalt meines großen »Brummers«[1].
Ich sprang zum Steuer. Er zog gut! Kein Bauch! Keine Absturzgefahr, also Schwanz ausreichend. Einstellung tadellos. Leichte Handhabung nach rechts und links. He, Miu! Schläfst du?
Da kam Miu mit seinem Klappergestell an! Er warf einen Blick zum Himmel und schien unsicher. Ein Bursche mußte seinen Drachen halten.
»Loslassen!« kommandierte Miu.
Der Junge läßt los, Miu zieht mit seinen Riesenfäusten, aber sein Drachen streikt und fällt wie ein Kuhfladen.
»Du bist erledigt, Miu!« ruft ihm von seiner Haustür aus ein verheirateter Mann in Hemdsärmeln zu.
Mein Brummer saust und weckt die ganze Straße aus ihrem Mittagsschlaf. Die Frauen bekommen Genickschmer-

[1] Vorrichtung aus Papier, die im Wind unter starkem Lärm vibriert

zen vom Hinaufstarren. Mein Drachen steht gerade senkrecht über ihren Köpfen, wie eine Sonne, an den Himmel genagelt.

»Das ist ja Marco!« brüllen die Bengel, »Marco aus der Judengasse!«

»Bald wird sich's zeigen!« pariert Miu, der endlich beim dritten Versuche sein »ausgeflicktes Gestell« zum Steigen bringt.

Dann geht er in seinen Hof zurück und schließt die Tür. Zu dritt werden sie sich dort ans Ziehen machen.

»Ruf vielleicht auch noch deine Großmutter!« schreit ihm Epaminonda nach.

Jetzt an die Arbeit!

Ach! . . . Kindheit, Kinderwelt! . . . Diese Geschichte vom Drachen ist, wie alle folgenden, nur ein Mittel, um dich ins Gedächtnis zurückzurufen, um mich an dir zu berauschen! Ich habe den Wunsch, dich nochmals zu durchleben, dich, meine Kindheit, denn schon naht der Tod. und gestern, kaum gestern war ich erst ein Kind!

Warum reicht die Kinderzeit nicht bis an die Grenze des Lebens! Warum wird man plötzlich ängstlich, kleinlich in jeder Beziehung und vor allen Dingen vernünftig? Was soll die Lebensklugheit? Was gibt sie uns als Ersatz dafür, daß wir uns nicht mehr verschwenden wollen?

Die kleinste Verletzung läßt uns die Haare zu Berge stehen . . . Jede Zote kränkt uns . . . Nichtiger Ärger vergiftet unser Blut bis zum nächsten Zornesausbruch . . . Eine unerfüllte Begierde zerfurcht unser Antlitz. Und vor allen Dingen der Wahn, soviel Besitz anhäufen zu wollen, daß wir davon tausend Jahre in Saus und Braus leben könnten! Nerrantsoula! ... Kleine, gute, mädchenhafte Frau mit dem von undankbarer Arbeit gestählten Körper! Unbegreifliche Freundin! ... Tau meines Lebens, du, die mich jeden Morgen mit ihren Eimern voll flüssigen Silbers überfiel, an dich denke ich, wenn meine Lippen das süßeste Wort der menschlichen Sprache formen: *Kindheit.*

Wie weit warst du davon entfernt, die Gefahren zu ahnen, die unsere kühnen Spiele heraufbeschworen! Wie wenig ahnte sie Epaminonda in seiner Einfalt! Und wie wenig ich selber!

Du versprachst mir einen guten Kuß, ohne die Gewalt eines Kusses zu ahnen, und du hießest mich, als Preis dieser Lust, Miu demütigen, einen Taugenichts, der uns alle drei hätte umbringen können.

Du, Nerrantsoula, liebkostest zwei Liebhaber auf einmal, und sie begnügten sich damit, zu maulen, anstatt die Welt in Brand zu stecken. Wir fühlten in dir unklar die Frau, die Morgenröte einer noch unbekannten, aber glühend ersehnten Sonne.

Wir waren Kinder. O Nerrantsoula. *O meine kleine bittere Orange, mein buschiger kleiner Orangenbaum.*

Der Kampf begann.
Zuerst, Ungleichheit der Drachen zweifellos günstig: die Schnur Mius hing schlapp, zu hohe Einstellung, unzureichender Schwanz, widerspenstige Handhabung, drohende Absturzgefahr. Auf meiner Seite Idealflug: zweihundertzwanzig Meter Schnur, fast bis zum Zerreißen gespannt – eine schräge Linie vom Himmel zu meinen Fäusten –, vollkommene Regungslosigkeit, gehorsam jedem Befehl und so viel Zug, daß ich mit in die Höhe geflogen wäre, wenn ich zehn Kilo weniger gewogen hätte. Ich war dermaßen stolz, daß ich jeden Augenblick erwartete, wirklich in die Wolken zu entschweben.
Es war ein Sonntagnachmittag. Vor allen Türen aufgeregte Menschengruppen. Aus manchem Munde erscholl: »Bravo, Marco!«
»Hast deinen Meister gefunden, Miu!«
Nerrantsoula berauschte sich an diesem Schauspiel.
Epaminonda dirigierte, kommandierte, aufgeblasen wie ein Puter, umsichtig wie ein Admiral. Er lief unablässig zwischen mir und Mius Haustür hin und her, überwachte die unehrlichen Manipulationen unserer Gegner und hielt mich auf dem laufenden: »Kein Zweifel: Sie werden gleich zu dritt halten! Ein Knirps wartet nur darauf, aufs Nachbardach zu klettern, um im richtigen Augenblick unsere Schnur durchzuschneiden. Also aufgepaßt!«
Er wandte sich streng an seine Bande: »He! Du, Mavridis, und du, Gherassimos! Hierher! Paßt auf die Schwanzteile auf, die herunterkommen, wenn's anfängt, brenzlig zu werden. Ihr müßt die Schnur festhalten.«

Die Sonne brannte heftig; und zwischen ihr und Nerrantsoula fühlte ich mein Herz zerschmelzen. Nun stieß ich meinen Schlachtruf aus: »Miu! Jetzt nur wir beide, willst du?«
»Du kannst mich . . .!«
Ein durchdringender Schrei, einem Wiehern gleich, zerriß die Luft, dann hörte ich Nerrantsoulas Stimme: »Falscher Hund!«
Pfeilgeschwind verschwand sie mit unserem Trupp. Während ich jetzt zu dem kleinen »Kunstgriff der Annäherung« überging, sah ich sie, von unseren Jungen unterstützt, mit den Händen die Erde fegend, alle nur erreichbaren Steine zusammenraffen, Taschen und Schürze füllen, Reservelager machen, die Steine in Häufchen verstreut auf unserer Rückzugslinie verteilen; Gott allein wußte, unter welchen Bedingungen wir abziehen würden.
Dank einer Ungeschicklichkeit Mius wurde es ein kurzer Kampf; er ging in eine Falle, die ich stellte. Ich hielt mich einfach über seiner Schnur, die beste Lage, um den Gegner zu vernichten: Im Vertrauen auf das Gewicht seines Drachens, der viel größer und daher viel schwerer war als meiner, fing er an, wie toll zu ziehen. Der Schuft hatte nicht daran gedacht, daß meiner nicht »Wasser zog«. Ich konnte meine Schnur spannen und sie straff wie Stahl machen.
Er zog. Ich gab nach. Er zog heftig und machte eine Finte. Ich gab immer weiter nach, aber als ich sah, daß Miu den Schnittpunkt erreicht hatte, machte ich die »Gabel«.
»Einziehen, Epaminonda! In Gottes Namen einziehen, bevor er nachläßt!«

Miu bemerkte die Kriegslist und wollte nachlassen, aber zu spät; ich saß ihm schon an der Gurgel.
Die Menge heulte: »Zu spät, Miu! Du bist am Ende!«
»Das ist das Ende! Dein Klappergestell wird seinen Schwanz küssen!«
Und tatsächlich verlor der Drachen, eingekeilt wie er war, sein Gleichgewicht, verhedderte sich in seinem Schwanz, schlug Purzelbäume und hing wie ein Lappen.
Jetzt hatte ich nur noch die Schnur einzuziehen.
Ein Wiederflottwerden seines Drachens war nicht zu befürchten.
Alle beide standen gerade über dem Dach des Nachbarn, als ein Junge – dieser Schuft! – mit einem Messer auf dem First erschien, um im Augenblick des Einholens meine Schnur durchzuschneiden.
Aber nicht umsonst hatten wir eine Freundin, die Nerrantsoula hieß: mit einem einzigen Wurf, der ihn vom Dach purzeln ließ, traf sie den Bengel am Kopf.
»Einziehen, Epaminonda!«
»Einziehen, Marco!«
»Einziehen, Nerrantsoula!«
Ziehen wir, solange die Menge uns zujubelt.
Buuuum! . . . Fürchterliches Getöse! Beide Drachen, groß wie Türen, fallen auf das schöne neue Dach, zertrümmern alles, was ihnen in den Weg kommt. Mius Schnur hielt unser Ziehen nicht aus und riß ungefähr dreißig Meter über dem Boden: die Drachen, eine unförmige Masse, landen mit Schnur und Schwänzen in unseren Armen.
»Fliehen! Fliehen!«

»Achtung!« schrie jemand, »man verfolgt euch mit gezückten Messern!«
»Miu! Miu«, heulte ein Weib, »du wirst doch nicht für solche Kindereien ein Verbrechen begehen!«
Ein rascher Blick rückwärts läßt uns das Entsetzliche unserer Lage erkennen.
Durch unsere Beute behindert, können Epaminonda und ich nichts unternehmen. Da sehe ich, wie sich Nerrantsoula allein drei Kerlen entgegenstellt, die uns mit stieren Augen verfolgen.
Einen Hagel von Steinen ließ sie mit der linken Hand gleich einem Schnellfeuer auf unsere Verfolger prasseln. Bei der Schnelligkeit der Würfe und ihrer teuflischen Genauigkeit hatten die drei Gegner in weniger als einer Minute zerschlagene Köpfe! Aber obschon blutend, suchten sie hartnäckig eine Bresche in den Steinregen zu schlagen, um zum Nahkampf zu kommen; und das wäre unser Verhängnis geworden, denn sie waren schon fast Männer.
Und gerade dies wußte unsere bewundernswürdige Freundin heldenmütig zu verhüten; Schritt um Schritt nur wich sie mit unglaublicher Kaltblütigkeit zurück, bis die drei Strolche zerschunden und schwerverletzt an einem Brunnen stehenblieben und ihre Wunden auswuschen.
So schnell unsere Beine uns trugen, rannten wir weiter und erreichten die »Uliţa Kalimera«, wo wir im Triumph empfangen wurden.
»Hurra! Bravo, Nerrantsoula! Bravo, Marco! Bravo, Epaminonda!«
Der Drachen, als Siegesbeute von Epaminonda getragen,

Nerrantsoula in unserer Mitte, unsere kleineren Kriegsgefährten auf unseren Fersen: so vollzog sich der Einzug unter den Klängen des Liedes:

Am Gestade des Meeres, am Strande,
Nerrantsoula foundoti!

Ja, Nerrantsoula foundoti, aber schon erscheint der Besitzer des verwüsteten Daches, einen zerschlagenen Dachziegel in der Hand, in Begleitung meines Vaters. Epaminondas Vater wird auch herbeigerufen, um aus dem Munde des Klägers die Heldentaten seines Sohnes zu hören. Alle drei reden gleichzeitig, brüllen, schäumen und wollen sich an den Kragen. Endlich ist der Mann schlecht und recht entschädigt. Wir werden angeschrien wie störrische Esel. Am Abend beginnt der griechische Spuk wieder aufs neue: Marschieren, Gesang, Lampions; und der Irrwisch Nerrantsoula springt, wie rasend, blindwütig über den Graben. Sie verteilt wilde Küsse an ihre beiden Herzliebsten und verwundet sie dadurch so sehr, daß sie noch an diesem Abend des Triumphes Todfeinde werden.
Aber Nerrantsoula hört und sieht nichts. Vom Ruf ihres Schicksals getrieben, verläßt sie die beiden Rivalen, setzt ihre Zickzack-Sprünge fort und versinkt in der Finsternis mit ihrem Refrain:

Nerrantsoula foundoti!
Nerrantsoula foundoti!

Noch einmal verließ ich, meinen Drachen auf dem Rükken einsam und traurig den Unglücksplatz, während Epaminonda, eine Zigarette zwischen den Lippen, vor seiner Haustür stand und hinter mir herschrie: »Jetzt fängt's erst an, Marco! Bald wird's noch schöner! Aber anders als mit den Drachen!«

Kindheit! . . . Du süße, du herzzerreißende Kindheit! . . .

Es ist selbstverständlich, daß wir, Kinder der großen Donau, wie die Fische schwimmen konnten. Auch das gehört zu meinen schönsten Erinnerungen, reich an Licht, Ungebundenheit und qualvollem Kummer.
Holla! Überschäumendes Leben! Frühling, Donau, Wonne unserer Herzen!
Wir alle schwammen. Aber das kleine Wort schwimmen will wenig besagen. Gibt es in Brăila einen Jungen, der nicht kühn genug wäre, um die Durchquerung der Donau zwischen Catagaţ und Ghecet versucht zu haben? Wahrhaftig keine Kleinigkeit, diese Durchquerung!
Doch den Fluß zu bezwingen – unter Ausnutzung der fünf bekannten Schwimmarten: auf Hundeart, auf Froschart, auf dem Rücken, Bravourschwimmen und Wassertreten – und wenn die Zehenspitzen den Schlammboden am anderen Ufer berührt haben, sofort wieder zurückzuschwimmen – das bekam nicht jeder fertig! Das ist's, was von allen angestrebt wurde und besonders von allem, was jung war! Und so forderte zu jeder Jahreszeit die große

Donau mit gierigen Händen unbarmherzig ihre Opfer, mit Vorliebe unter den Kleinen, die sich ihr leidenschaftlich in die Arme warfen.

Man sah Magere, Mollige, Blonde, Braune, Schwarze mit großen Augen und langen Wimpern, die sich niemals mehr öffnen sollten, um die Sonne, das Licht und die heimtückische Donau zu schauen und die liebeverheißenden Schönen, die sie zitternd an irgendeiner vom gleichgültigen Schicksal erwählten Straßenecke erwarteten.

Diese kleinen Körper, von Polenta genährt und brennenden Wünschen, zog man aus dem Fluß. Manchmal noch warm, manchmal blau angelaufen, manchmal von Krebsen angefressen. Mütter, Verzweiflung im zerwühlten Gesicht, Schwestern, von ihren betrunkenen Männern mißhandelt, fanden sich immer am Ufer, um mit ihren Umarmungen den leblosen Körpern derer wieder Wärme zu geben, die der Donau das höchste Liebesopfer dargebracht hatten.

Es kam auch zum größten Jubel der Freunde und selbst der schlimmsten Feinde vor, daß solch ein Schlingel noch gerettet wurde. Man ergriff ihn, wenn er zum dritten Male an die Oberfläche kam, an den Haaren und trug ihn unterm Arm wie ein Paket ans Ufer. Dort packte ihn ein kräftiger Bursche an den Füßen, stellte ihn auf den Kopf und schüttelte ihn so lange, bis alles geschluckte Wasser aus Mund und Nase herausgelaufen war. Dem Leben wiedergewonnen, fragte das Kerlchen: »Wo bin ich? Was ist geschehen?«

»Beinahe hättest du die Donau durchschwommen«, erwiderte man ihm.

Ja, wir schwammen alle. Die Hälfte unseres Lebens verbrachten wir im Wasser; Männer und Knaben an einer Stelle, Frauen und Mädchen einige hundert Schritte abseits. Nerrantsoula nur war mutig genug, sich zwischen die Jungen zu mischen und mit ihnen zu schwimmen. Sie konnte weder die Frauen noch die Mädchen leiden.

Nach manchem vergeblichen Versuch, mich mit Epaminonda auszusöhnen, fand sie mich an einem schönen Septembertage im Schatten einer Weide und sagte: »Falls Epaminonda dich zum Hin- und Zurückschwimmen herausfordert, nimm nicht an. Er kann es schaffen, du aber wirst dabei ertrinken. Und das will er nur.«

Ich schwieg, denn im Grunde hätte ich ihr gerne bewiesen, daß ich für sie zu sterben bereit sei.

Hatte sie es begriffen? Wie sollte ich es ihr anders beweisen? Auf jeden Fall war ihre Zärtlichkeit zu mir auffallend. Von dem Augenblick an, da sie kam, mich offen zu warnen, schien sich etwas Tückisches im Kopfe des anderen vorzubereiten.

Er sah uns miteinander sprechen und riß mich aus aller Unschlüssigkeit. Er trat an mich heran, sehr bleich und mit schmerzverzerrtem Gesicht: »Du weißt es, Marco: Einer von uns beiden ist zu viel an Nerrantsoulas Seite. Willst du die Donau wählen lassen?«

»Auf der Stelle, Epaminonda. Ich denke genau wie du.«

Nerrantsoula ließ den Kopf sinken und biß sich auf die schönen Lippen, die ich wohl niemals »so wie die Großen« küssen sollte.

»Ich begleite euch!« sagte sie und sah uns dabei böse an.

Es klang wie ein Befehl. Schweigend stimmten wir zu.

Schnell umschlang ich ihren Hals mit meinen Armen und gab ihr einen Kuß »wie die Großen«. Ein unvergänglich glühendes Mal nahm ich mit auf den Weg, und mit einem Kopfsprung verschwand ich im Wasser.

Es stand für mich fest, daß ich auf dem Rückweg ertrinken würde. Deshalb war ich anfangs gelassen. Immer ist man gelassen, solange man noch eine schwache Lebenshoffnung hat.

Niemals habe ich erfahren, was sich zwischen ihr und ihm abspielte, nachdem ich im Wasser verschwunden war. Beim Auftauchen sah ich Epaminonda wenige Meter hinter mir herschwimmen, aber in derselben Minute entdeckte ich noch etwas anderes: ich sah, wie Nerrantsoula einem der Kinder eine Schweinsblase, mit der man schwimmen lernt, aus der Hand nahm. Schnell hatte sie die Luft herausgedrückt und sie in ihrem Trikot verborgen. Kurz danach glitten wir drei ruhig über den schimmernden Spiegel des Flusses dahin.

Man hätte uns für drei gute Kameraden auf einer Vergnügungstour halten können, obwohl es um Tod oder Leben ging. Ich konnte ein Lächeln nicht unterdrücken, als ich daran dachte.

Epaminonda, von meinem Untergang überzeugt, war ernst wie ein Henker. Erst viel später erfuhr ich, daß er im Schwimmen voll Entsetzen an die Qualen der Hölle dachte. Er wollte mich immerhin ermorden, und im Jenseits wird dieses Verbrechen mit ewigen Höllenqualen vergolten. Hin- und hergeschleudert zwischen seinem Verlangen, mich aus der Welt zu schaffen, und seiner Sorge um einen Platz im Paradies, schwamm Epaminonda wie in siedendem Wasser. Er rollte, einem Fasse gleich, wechselte fortwährend die Schwimmart, schaute verzweifelt zum Himmel und spuckte Feuer und Flamme. Ich verstand ihn nicht.

Viel weniger noch begriff ich, was in Nerrantsoula vorging. Sie, mit den Armen und Beinen eines jungen Athleten, kam, auf dem Rücken schwimmend, viel schneller von der Stelle als wir, die wir mit großen Armbewegungen vorwärtsstrebten. Aber plötzlich verlangsamte sie ihr Tempo und ließ sich von Epaminonda überholen; sie machte mir bei meinem Herannahmen allerhand Grimassen und zeigte mir verstohlen die entleerte Schweinsblase.

Aus ihren Grimassen, die mich aufmuntern sollten, glaubte ich Vorwürfe darüber zu lesen, daß ich die Herausforderung angenommen und mich dadurch dem Tod ausgesetzt hatte. Ich glaubte zu hören: *Ganz recht, wenn du untergehst; ich habe dich gewarnt!* Mit einer Gebärde, die sie in Erstaunen setzte, gab ich zu verstehen: *Schön, schön! Ich sterbe, Elende, und du wirst bei dem anderen bleiben!*

Was aber mit der leeren Schweinsblase geschehen sollte, blieb mir unbegreiflich.

Unter solchen Gedanken erreichten wir in schräger Richtung Ghecet, berührten mit den Füßen den Boden der Dobrudscha und machten uns sofort auf den Rückweg, immer schräg zu der Strömung schwimmend.

Jetzt aber wandte sich das Blatt, denn ausgepumpt, wie ich

war, zeigte mir zum Greifen nah der Tod seine fürchterliche Fratze. Wie traurig, wie jammervoll ist es doch, sterben zu müssen, wenn man liebt!
Trotz der Fluten der Donau fühlte ich immer noch auf meinen Lippen Nerrantsoulas Kuß brennen, diesen Kuß, den sie sich so ganz willig hatte rauben lassen. O nein! jetzt wollte ich nicht mehr sterben! Unbändig war mein Verlangen nach neuen Küssen dieser Art! Wie sich doch das Ufer von Catagaţ zu entfernen schien! Meine getrübten Augen konnten es kaum noch erkennen.
Blei in den Schenkeln, Blei in den Armen. Mein Körper versagt selbst beim ausruhenden Rückenschwimmen. Kaum noch kann ich die verschiedenen Strömungen spüren, die wir durchschwimmen. Immer schneller schlägt mein Herz. Es braust in meinen Ohren. Und das Ufer von Catagaţ entfernt sich immer weiter! Ah, Epaminonda! Du wirst meine Nerrantsoula heiraten. Ich wußte es! Aber wo ist meine Freundin, damit ich sie noch ein letztes Mal sehe?
Das Himmelsgewölbe dreht sich, schwankt, die Donau scheint bis in die Wolken zu steigen. Wie durch einen zarten Schleier sehe ich Epaminonda halb aus dem Wasser ragen.
Doch da plötzlich fühle ich mich von Nerrantsoulas Armen gehalten und dann, was ist denn das? Die Schweinsblase, aufgeblasen, eine dicke, voll aufgeblasene Schweinsblase unter dem Leib hebt mich in die Höhe!
Ah! Welche Erleichterung! Welches Glücksgefühl! Ja, ich bin gerettet, sie hat mich gerettet. Jetzt verstehe ich erst

ihre Grimassen und den Zweck der Schweinsblase. Wie aber hatte sie sie aufgeblasen? Und warum schießt Epaminonda davon?

»Wenn du Boden unter den Füßen hast, zerdrücke sie im Wasser, damit er nicht merkt, daß wir gemogelt haben!«

Mit diesen Worten schwimmt auch Nerrantsoula davon. Gerade in diesem Augenblick hören wir Epaminonda einer ihm entgegenkommenden Barke zuschreien: »He! *barcagiu*! Schiffer! . . . Ein Kamerad ertrinkt dort! Mach schnell, rette ihn!«

Wie der drollige Delphin sich mit seinen kindlichen Spielen vor den Schiffen, die in den Hafen einlaufen, vergnügt, so begann Nerrantsoula zu jubilieren im Triumph über den Tod, als sie Epaminondas Hilferufe vernahm.

Die Hände zusammenschlagend trat sie Wasser, bäumte sich auf, ahmte den Sprung des großen Fisches nach, überschlug sich, tauchte, bis sie außer Atem war, und heulte und pfiff wie eine Sirene.

Ausgeruht und unsinnig vor Freude, zerdrückte ich die Schweinsblase, schwang mich ans Ufer, und von der Böschung herab drehte ich dem *barcagiu*, der mich hatte retten wollen, eine lange Nase.

Jetzt war es Epaminonda, der nicht begriff. Wir trennten uns wieder als Rivalen, indes unsere schlaue Freundin in ihre Kleider schlüpfte und hüpfend und singend davonlief:

Nerrantsoula foundoti!
Nerrantsoula foundoti!

Die erste Septemberwoche gehört den spätreifen Brombeeren, die jedes beherzte Kind von Brăila in den unendlichen Sümpfen des Donaudeltas sucht, weit, sehr weit, auf dem Wege nach Corotişca, dort, wo die freigebige Donau über das Land gebietet. Mühevoll ist es, ihrer habhaft zu werden, denn der Schöpfer hat sie im sumpfigen Dickicht verborgen. Stumpfsinnig jagt der Mensch diesen unvergleichlichen Leckerbissen nach; deshalb hat Gott sie vor seiner Gier versteckt. Aber das Kind ist ein großer Lebensverschwender, und nichts ist vor seiner Begehrlichkeit sicher. Ihm verzeiht der Herr alles.

Manchmal jedoch ist er grausam und straft unerbittlich.

Am Tage nach dem gefahrvollen Bade streichelte Nerrantsoula meinen Kopf, der auf ihren Knien ruhte, und raunte mir dabei ins Ohr: »Hör, Marco . . . Hör gut zu . . . und sei kein Spielverderber. Epaminonda . . .«

»Verdammt! Willst du endlich Epaminonda aus dem Spiel lassen, wenn du Marco streichelst, und Marco, wenn du Epaminonda liebkost?«

Zornig hatte ich mich aufgerichtet, um ihr meine Wut ins Gesicht zu schreien, sie aber packte mich zärtlich an den Haaren und drückte meinen Kopf auf ihre Knie zurück: »Hör zu! . . . Epaminonda ist von Gewissensbissen gequält, daß er dich feige hat umbringen wollen . . .«

»Jetzt will er mich wohl *tapfer* umbringen? Was?«

». . . Und jetzt will er uns nach Corotişca führen, um dort den Füchsen, den Wölfen und den Kiebitzen Brombeeren abzulisten. Weißt du: Brombeeren, groß und schwarz wie meine Augen! . . . Und von Reif nebelzart überzogen! . . .

Und süß, wie . . . wie . . . wie das hier . . .!«
Und dabei küßte sie mich »wie die Großen«. Damit ich nicht vorschnell antworte, drückte sie ganz leicht bald das eine, bald das andere Auge auf meine Lippen; dabei blinzelte sie, und die Berührung ihrer langen Wimpern ließ meinen Herzschlag stocken.
Ich konnte kein Wort hervorbringen. Auf ein Blatt, das von dem alten Maulbeerbaum, unter dem wir lagen, herabfiel, hauchte sie einen Kuß, schloß mir den Mund damit, legte dann ihre Hände darüber und fuhrt fort: »Mußt nicht nein sagen! Ich bin ganz versessen darauf, bei den wilden Tieren Brombeeren zu essen. Du weißt, daß ein nicht erfüllter Wunsch viel Unheil anrichten kann, denn gegen ein heißes Verlangen ist man machtlos. Man erzählt, daß zur Türkenzeit eine schwangere Frau sich von einer wunderschönen Weintraube, welche Diener auf einem silbernen Tablett ihrem Herrn, einem bösen Pascha, brachten, eine Beere abriß. Wütend befahl der Pascha, die arme Frau fortzuschleppen. Er ließ ihr den Bauch aufschneiden, und man fand die Beere im Munde des Kindes. Seit dieser Zeit haben die Paschas den Männern angeraten, den Frauen alle Wünsche zu erfüllen, denn ohne daß wir etwas dafür können, kommt ein Verlangen über uns. Verstehst du? Ich bin zwar noch keine *Frau*, aber das ist gleich. Ja, Marco, es ist fast dasselbe, meinst du nicht?
»Und wenn du brav bist, erlaubst du Epaminonda, uns zu zeigen, daß er auch zu etwas zu gebrauchen ist. Er fühlt sich gedemütigt und will uns beweisen, was für ein guter ›Karavellenkapitän‹ er ist. Eine ganze Bande wird mit ei-

nem Segelboot losziehen. Er soll Kapitän sein und uns zeigen, was er kann! Einverstanden, ja? Du wirst nicht eifersüchtig sein!«

Und ich ging mit zur Beerensuche, obgleich mein Herz von eifersüchtigem Kummer erfüllt war. Epaminonda sah ebenso mitleiderregend aus wie ich und versicherte mir, daß er kein schlechter Kerl sei. Ich wußte es wohl. Trotzdem war unser Händedruck ohne Wärme.

Wir bestiegen sein Schiff, ein altes Wrack, das von allen Seiten Wasser zog und unaufhörlich ausgeschöpft werden mußte. Dies war hauptsächlich das Amt der sieben Knirpse, aus denen sich der Generalstab unseres Admirals Epaminonda zusammensetzte. Sieben »Haudegen«, schlecht genährt, schmutzig und in zerlumpten Hosen. Aber das tat nichts. In der Kindheit gibt es nur ein unerträgliches Übel: zur Schule gehen zu müssen. Gott sei Dank, vor diesem Schreckgespenst rettete uns gar oft die Donau, auf deren Wasser unsere Schiffsjungen wie Christus aufrecht schreiten konnten. Nerrantsoula war toll vor Freude. Alles versprach einen gelungenen Ausflug. Das Wetter war klar wie im Hochsommer nach einem Gewitterregen. Jeder stand auf seinem Posten. Sie aber war außer sich: sie sprang vom Heck zum Bug, vom Bug zum Heck, wie sonst über den Graben, und sang aus Leibeskräften:

> Nerrantsoula foundoti!
> Nerrantsoula foundoti!

»Das ›Schiff‹ wird noch auseinanderkrachen«, sagte Epaminonda, der voller Stolz steuerte.
Überzeugt davon, daß er ein Schiff befehlige, aber unglücklich, keinen Feldstecher zu besitzen, stand er aufrecht; mit der Hand die Augen schützend, suchte er den Horizont ab und gab seinem Steuermann Befehle: »Achtung, Papaiani! Die Lastkähne dort sind in unserem Kurs! Leicht links steuern! Wir könnten zusammenstoßen und dabei zu Schaden kommen!«
»Wer, wir?« fragte unsere Freundin spöttisch. »Du willst wohl sagen, daß die Lastkähne deinen Schinderkahn zu Apfelmus quetschen würden!«
Solche Bosheiten mußte sich Epaminonda während der ganzen Fahrt gefallen lassen, aber da er sich als »Seewolf« fühlte, tröstete er sich darüber hinweg. Er war begeistert, heldenmütig und zu Opfern für die Ehre seiner fernen Heimat bereit, deren siegreicher Diener er einst zu werden hoffte. Das von frühreifen Leidenschaften aufgewühlte Gesicht bekam einen kriegerischen Ausdruck, sobald es galt, eine Pflicht zu erfüllen.
Es war ein Glück, daß es zwischen uns und den mit Betrunkenen gefüllten Barken, die auf dem Flusse nur allzuhäufig sind, trotz allerlei Herausforderungen zu keinem Zusammenstoß kam. Epaminonda hätte sich gern in ein »Seegefecht« eingelassen. Fast hätte er uns auf unsere ewigen Nörgeleien über den schlechten Zustand seines Schiffes geantwortet, daß es die Schuld der Donau sei, wenn das Wasser eindringe.
Sicher wäre Epaminonda ein guter Seemann geworden. Du

aber, unerbittliches Schicksal, warum stürzt du dich immer gierig gerade auf die großmütigsten Seelen?
Wir steuerten durch Nebenarme, die uns schneller zum Ziele brachten. Epaminonda kannte die Lage der Sümpfe genau. Don Quichote und Sancho Pansa in einer Person, führte er uns schwitzend, fluchend, blutend, zappelnd; sah in einer Trauerweide einen gefährlichen Feind und hieb mit seinem Ruder auf die Zweige ein; erschreckte uns beim Durchstreifen gewisser Teile des Dickichts, indem er uns von Wölfen erzählte, die hier die Menschen bedrohten, die ihn selbst sogar einmal »angefallen« hätten, weswegen er stets ein langes Messer bei sich trage. Aber er behütete uns auch voll Vorsicht, legte Vernunft an den Tag, achtete auf die gefährlichen Stellen, an denen wir leicht hätten auffahren können. Selbst die besten *barcagii* verirren sich in dieser Gegend leicht, und mancher vergnügte Ausflug endet mit Tränen und Flüchen. Wir aber verirrten uns nicht.
Obwohl wir erst lange nach Sonnenaufgang abgefahren waren, warf Epaminonda noch vor Mittag unter allgemeinen Glückwünschen Anker.
Und das Fest nahm seinen Anfang . . .

Festtag . . . Daß Gott erbarm'! Sobald wird an Land gegangen waren, begann Nerrantsoula, uns beiden Gift ins Herz zu träufeln: Sie küßte Epaminonda vor meinen Augen, um ihn für seine Tapferkeit zu belohnen; und damit ich mich nicht ärgere, küßte sie auch mich. Und machte so uns beide rasend.

»Ah, more Marco!« stieß der arme Admiral hervor; »dieser Zustand ist wie eine Krankheit. Er kann nicht länger dauern. Ich sterbe, wahrhaftig!«
Nerrantsoula schien erstaunt: »Aber . . . Warum ärgert ihr euch? . . . Was ich tat, ist gerecht . . .«
»Allzu gerecht, Nerrantz mou; nur zu gerecht, und das gerade tut weh!« ächzte Epaminonda.
Die Hände an die Schläfen gepreßt, verschwand er im Dikkicht. Und dann floh auch ich, nach einer anderen Richtung. Die sieben Schlingel waren schon weit weg auf der Suche nach Brombeeren.
Sie folgte keinem von uns beiden, aber bald hörte ich sie von weitem mit lauter Stimme singen:

»Nerrantsoula foundoti!
Nerrantsoula foundoti!«

Wir befanden uns inmitten eines sumpfigen Geländes, das sich über mehrere Quadratkilometer hin erstreckt und von undurchdringlichem Gestrüpp bedeckt ist. Der ganze Landstrich ist für die Bearbeitung durch Menschenhand verloren. Während der Hochwasserzeit bedroht die Donau, diese freigebige Tyrannin, das Land mit ihren unwiderstehlichen Fluten; der Himmel scheint hier ebenso wild zu sein wie der Boden; die Stille läßt einen erschauern; die Unermeßlichkeit taugt nicht für liebebedürftige Wesen. Ein Blatt, das sich bewegt, ein Halm, der sich wiegt, der Schrei eines Sperbers, der die Luft zerreißt, lassen den Menschen fühlen, wie wenig er auf Erden bedeutet. Dorthin dringt der unbeholfene Mensch, der »König« unseres

Planeten, nur mit hundert Wunden, nach tausend Schwierigkeiten und unsäglichen Mühen vor. Vom Geier angefangen, der wie ein Gott der Unendlichkeit in den Lüften schwebt, bis zu den Mücken, die in Myriaden umherschwärmen, schreit hier alles dem Zerstörer des schönen Erdenlebens entgegen: »Uns kannst du nichts anhaben!«

Wie Glockenton erscholl der melodische Refrain von Nerrantsoulas Lied und entzückte eine Schnepfe, die in meiner Nähe an einer Brombeere pickte. Vom Klang dieser geliebten Stimme ließ ich mich hinreißen. Epaminonda mußte es wie mir gegangen sein, denn bald tauchten wir fast gleichzeitig am Rande einer Lichtung auf, die mit riesigen Wassermelonen übersät war. Als Nerrantsoula unserer ansichtig wurde, klatschte sie in die Hände und lachte über unsere mit Brombeeren beschmierten Mäuler. Sie selbst hatte nur schwarze Finger.

Ihre Freude taute unsere Herzen auf und ließ uns alles Unglück vergessen. Jetzt konnten wir einander auslachen. Dann zeigte sie auf die Hütte des Melonenpflanzers, faßte uns beide bei einer Hand und zog uns dorthin.

»Wir wollen uns den *pepenar* einmal ansehen!«

Dort wohnte ein Paar in den Fünfzigern, arme Dobrudschaner, halb Bulgaren, halb Zigeuner, in unmöglichen Lumpen, ebenso verwildert wie das Land, das sie ernährte. Die Frau, deren Züge Spuren einer schnell verblühten Schönheit trugen, verjagte ihren Hund und fragte uns, ob wir Melonen essen wollten: »Wir haben sehr schöne Melonen«, fuhr sie fort und betrachtete uns mit neugierigen Blicken.

»Nein!« antwortete Nerrantsoula; »wir haben uns schon an Brombeeren sattgegessen. Vielen Dank.«
»Gut«, fuhr das Weib fort, »dann gib mir deine Hand, schönes Kind; ich kann dir die Zukunft weissagen wie keiner.«
»Hier.«
Die Wahrsagerin warf einen Blick darauf und rief entsetzt aus: »Herzchen! Du bist die Frucht verbotener Liebe, und dein Leben wird schrecklich sein. Dein Schicksal ist an einen Burschen gebunden, der vom Volk deines Vaters ist! Geh, du dauerst mich!«
Sie ließ die Hände unserer Freundin fahren und ging in die Hütte zurück, während Nerrantsoula wie ein Reh entfloh.
Wir holten sie ein: »Welcher Abstammung ist dein Vater?« fragten wir wie aus einem Munde.
»Laßt mich zufrieden!« schrie sie erregt. »Kenne keinen Vater! Hab's euch schon gesagt! Laßt mich in Ruhe!«
Und sie streckte sich im Schatten einer Weise aus. Betreten folgten wir ihr: Niemals hatten wir sie so aufgebracht gesehen. Und als wir uns ihr näherten, schleuderte sie uns entgegen: »Schert euch zum Teufel ... ihr und eure Wahrsagerin!«
Da hatten wir's ... *Unsere* Wahrsagerin ...
Epaminonda warf sich zu Boden und schlief. Ich wollte dasselbe tun, aber die Worte: »Schert euch zum Teufel« zerhämmerten mir das Hirn. Zum ersten Male las ich in diesen Augen, aus denen sonst nur Zärtlichkeit sprach, zum ersten Male hörte ich aus diesem Munde, sonst voll von Schmeichelworten, so Abscheuliches wie: Schert euch

zum Teufel. Sie, die Zarte, Feine, wie ein gemeines Weib schimpfen zu hören! Wie weh das tat!
Ich hing traurigen Gedanken nach, indes ich, neben Epaminonda sitzend, große Brombeeren in einen kleinen Korb füllte, den ich eben geflochten hatte. Da erschienen Nerrantsoulas geliebte Hände vor mir und wischten wie durch Zauber allen Kummer weg. Beglückt hielt ich inne und sah auf: Hinter mir hockend, pflückten ihre Finger gemächlich Beeren von den dornigen Zweigen, die ich auf den Knien hatte. Sie ordnete sie säuberlich in den Korb, der an meinem linken Arm hing. Ich war vor Freude wie gelähmt. Und dann flüsterte sie mir ins Ohr: »Ist das für mich? ... Marco ... Für mich? ... So bist du mir nicht böse? ... Wie gut bist du! ... Wie lieb hab ich dich! ... Verzeih! ... Verzeih!«
Ihr Atem sengte mich. Ganz benommen drückte ich mein Ohr fest auf ihren Mund. Epaminonda erwachte.
»Wir werden ein Gewitter bekommen«, sagte er, ausgestreckt, das Gesicht zum Himmel gewandt.
Und zwei Finger im Mund, pfiff er zum Sammeln.
Ich legte mich in derselben Stellung wie er nieder, während sie, den Korb in der Hand, zwischen uns hin und her huschte und uns aufs neue das Leben zu vergällen begann. Sie nahm Brombeeren, küßte sie Stück für Stück, steckte sie bald mir, bald Epaminonda in den Mund und sang dabei halblaut vor sich hin:

»Nerrantsoula foundoti!
Nerrantsoula foundoti!«

Es waren keine Brombeeren, die wir hinunterschluckten, sondern glühende Kohlen, doch sie schien wieder nichts Böses zu denken. Treuherzig fuhr sie mit ihrer Beschäftigung fort.

Plötzlich entfuhr es Epaminonda: »Aman! . . . Nerrantsoula! . . . Aman!«

Und er erhob sich drohend: »Der Himmel gebe, daß ein Unwetter uns noch vor Sonnenuntergang vernichte; ich will sterben!«

Es war nicht nötig, ein Unwetter heraufzubeschwören. Es lag in der Luft. Epaminonda schien wahrhaftig zu wünschen, daß es uns mitten auf der Donau überraschte; er drängte, dorthin zu kommen.

In rasendem Tempo fuhr unser Kahn den Donauarm von Măcin entlang. Bei Ghecet schrien uns die Fischer vom Ufer her zu: »Wagt euch nicht auf die Donau! . . . Sie wütet! Niemand könnte zu eurer Rettung kommen!«

Die Hand am Steuer, taub, blind und mitleidlos hielt Epaminonda Kurs auf Brăila, während seine »Matrosen« wie wild Wasser ausschöpften und fast ohne Zögern gehorchten. Nerrantsoulas Platz war vorne am Bug, und von dort aus verfolgte sie alles mit Gleichmut. Sie wußte, daß sie in der Donau, selbst wenn sie angeschwollen und aufgewühlt war, nicht ertrinken würde.Ob sie sich Sorge um die Kleinen machte und Mitleid mit ihnen hatte? Ein Teufel wie sie? Epaminonda war der Verantwortliche, und seine Tapferkeit berauschte die Jungen, so daß sie, je drohender die Gefahr wurde, um so begeisterter schrien: »Es lebe Griechenland! Es lebe die griechische Flotte!«

»Ausschöpfen, ausschöpfen!«

Aber ihre ganze Arbeit und Mühe wurde zunichte, als wir in die Mitte des Flusses gelangten, denn ein wirbelnder Strudel füllte unsere armselige Barke mit Wasser.

»Ausziehen!« kommandierte der »Admiral«, ließ das Steuer aus den Händen und warf seine Kleider ab.

Kaum hatten wir Zeit, den Befehl auszuführen, da sank der Kahn.

»Haltet euch an mir und den Großen fest«, schrie Nerrantsoula den Kindern zu, die nicht mehr an die griechische Flotte dachten.

Eine sandige Welle ließ uns einige Augenblicke nichts erkennen und trennte uns, doch wir fanden uns wieder und hielten uns dicht zusammen. Die Kinder lachten und scherzten; sie hielten die Gefahr für gering.

O weh! Eine Minute später öffnete der Himmel seine Schleusen, wütend fegte der Sturm über die Donau. Unmöglich, irgendetwas zu sehen. Vollständige Finsternis und Wasser, Wasser vom Himmel bis zur Erde.

Aus Leibeskräften arbeitete ich mich weiter, getrennt von den andern. Zwei kleine Kerle hielten sich an mir fest. Ich fühlte ihr Gewicht noch eine Weile – dann, ein plötzlicher Ruck und . . . nichts mehr. Allein.

Rechts und links von mir suchte ich das Wasser ab, soweit es die Stromwirbel zuließen. Aber man weiß, daß Gott in den Reihen seiner Engelbataillone reine Seelen benötigt, und als wir am Ufer ankamen, wo uns eine verzweifelte Menge erwartete, waren drei tapfere Seelen von sieben auf dem Wege zum Throne des Herrn.

All dies spielte sich in der ersten Septemberwoche ab, da die spätreifen Brombeeren die begehrtesten Leckerbissen der mutigen Jugend von Brăila sind. Ohne an den Tod zu denken, gehen sie alle auf die Beerensuche, manchmal zieht man sie dann aus der Donau, das Gesicht noch bis an die Ohren geschwärzt vom Saft der verhängnisvollen Frucht, die nur den Tieren der Sümpfe bestimmt ist.

Herbst, reich an welkem Laub ... Oktober, schwermütig wie mein Herz ... Ein rauher Wind fegt welkes Laub und Schwermut durch die ganze Stadt.
Nur ein wenig wärmer bekleidet, trottet Nerrantsoula unter ihrem Tragebügel, aber ihre Behälter sind nicht mehr mit flüssigem Silber gefüllt: nicht mehr zittern die Sonnenstrahlen in ihren Eimern; auch der Himmel hat sein Winterkleid angezogen.
»Marco, im Winter wollen wir in meiner *sobă* gekochte Kürbisse essen.«
Ihre Mußestunden teilte sie wie immer zwischen der »Uliţa Kalimera«, mir und ihren Hunden, die groß, schön und wild geworden waren wie ihre Herrin.
»Marco, komm zusehen, wie Leu gleichzeitig mit mir über den Graben springt! Sie legen jetzt dort eiserne Röhren, die aneinander geschraubt werden. Nun ist das Springen viel gefährlicher, denn wenn man jetzt in den Graben fällt, kann man sich töten. Ich aber, ich springe immer! Komm zusehen ...«
Ich höre ihrem unermüdlichen Schwatzen zu, ich lasse

mich liebkosen, ihren Hunden gleich, aber ich rühre mich nicht aus meinem Zimmer, ich verlasse unseren Hof nicht mehr. Und Epaminonda kommt nicht mehr in unsere Stube. Uns beiden blutet das Herz, weil wir die Liebe teilen müssen. So kann es nicht weitergehen. Ich ersehne ein Ende dieser Qual, irgendein Ende, koste es, was es wolle!
Und sie nahm ein Ende. Es geschah Schlimmeres als all die Schrecknisse, die ich mir in meiner fieberhaften Eifersucht ausgemalt hatte.
Eines Tages entsetzlicher Lärm auf der Straße: Frauen, Kinder und Hunde heulten im Chor, als ob die Pest ausgebrochen wäre.
Die Hundefänger waren da, mit ihren verhaßten Käfigen, gefolgt von einem Gendarmen, der sie vor der Wut der Bevölkerung schützen sollte. Die beiden Zigeuner, mit scheelen Blicken und hämischem Lachen, liefen wie die Teufel, in der Hand einen langen Stock, an dessen Spitze eine Schlinge aus Kupferdraht angebracht war; sie holten mit diesem Knüppel weit aus und warfen die Schlinge den Hunden um den Hals. Wie ein Fetzen, geschleift, gewürgt, wurde der so gefangene Hund brutal in den Käfig gestoßen, in dem schon andere zusammengepfercht lagen.
Alle Bewohner des Viertels waren auf der Straße, feindselig und kampfbereit trotz des Gendarmen und des lächerlichen Säbels, der ihm an der Seite hing. Jeder rief seinen Hund, nahm ihn in die Arme, drückte ihn wie einen Schatz an sich und machte sich aus dem Staube.
»Heda! . . . Sacagiţa! . . . Paß auf deine Hunde auf!« schrien die Nachbarinnen.

Aber wo steckt Nerrantsoula? Sicher ist sie an der Pumpe. Ich laufe zur Scheune, wo sie ihre Hunde eingesperrt hat: Leu fehlt! Die Hundefänger sind verschwunden; ich weiß nicht, ob sie ihn mitgeschleppt haben (um ihm lebendigen Leibes das Fell abzuziehen) oder ob er mit Nerrantsoula an der Pumpe ist oder sonstwo herumstrolcht?
Ich bin außer mir. Welcher Spur soll ich folgen? Doch da kommt Nerrantsoula! Sie ist allein, ohne Leu, den ich bei ihr hoffte. Von Weitem sah ich sie kommen, strahlend, die leeren Eimer in der einen, die Trage in der anderen Hand, glücklich, mit der Arbeit fertig zu sein; aber plötzlich reißt sie entsetzt die Augen auf. Sie begreift sofort, daß die Hundefänger vorbeigezogen sind und läuft auf mich zu: »Sind meine Hunde alle da?« schreit sie.
»Leu fehlt!«
Wütender als eine Harpyie, entfesselter als ein Gewittersturm setzt Nerrantsoula den Hundefängern nach. Auf dem Wege rafft sie die mörderischsten Steine – Schottersteine, spitz und schneidend – zusammen. Ich begleite sie und stopfe mir auch die Taschen mit Wurfgeschossen voll. Ich weiß, daß nur ein gutes Schnellfeuer die Zigeuner dazu zwingen kann, ihre Beute fahren zu lassen.
Leute, die den Trupp vorbeiziehen gesehen hatten, wiesen uns den Weg, und wir holten den ekelhaften Leichenwagen tatsächlich ein; aber wo? just in der verfluchten »Uliça Kalimera« mit ihrem Graben und ihrem Epaminonda, der vor dem Hause steht, Leu im Käfig gesehen hat und uns zuschreit: »Er ist da drinnen! . . . Rache den Hundefängern!«
Ein Steinregen setzt ein . . . Wir alle drei werfen, Ner-

rantsoulas Steine erreichen ihr Ziel am besten und schlagen die fürchterlichsten Wunden. Mit blutigen Köpfen flüchten Zigeuner, Kutscher und Gendarm.
Wir stürzen den Käfig um. Alle Hunde retten sich. Und als der Gendarm mit Verstärkung anrückt, findet er niemanden, der ihm hätte sagen können, daß wir uns, Leu in unseren Armen, im Haus Epaminondas versteckt hielten.
Zwei Stunden später kamen wir hervor wie die Ratten aus ihrem Loch.
Die Straße ausgestorben ... Gewitterschwüle ... Die Fensterscheiben wie mit Gold übergossen. Die letzten Blätter, die kraftlos an den Ästen der Bäume hängen, scheinen in Blut getaucht.
Selbst der Graben, düster wie eine Gruft, empfängt einige der goldenen Strahlen, welche die Ränder erhellen und die Röhren ahnen lassen, die auf dem Grunde gelegt sind.
Wie gebannt betrachtet ihn Nerrantsoula und drückt den Hund in ihren Armen. Sie kämpft mit dem Verlangen, hinüberzuspringen.
»Komm!« sage ich, »komm nach Hause! ...«
Ich gehe über eines der Bretter, die vor jeder Haustür den Graben überqueren, doch sie folgt mir nicht; sie setzt Leu auf die Erde, umarmt Epaminonda, springt über den Graben und umarmt mich dann auch:

»Nerrantsoula foundoti!«

Und zu Epaminonda zurück, gefolgt von ihrem Hunde!

»Nerrantsoula foundoti!«

Immer schneller – ein schmerzender Kuß für mich, der nächste für Epaminonda – »Nerrantsoula foundoti« – über den Graben.

»Aman! ... Aman! ... Nerrantsi-mou! Töte mich lieber! Töte mich!« schreit mein unglücklicher Rivale, leichenblaß und unbeweglich vor seiner Tür.

Beim nächsten Sprung zu mir herüber will ich sie packen und nach Hause schleppen; aber gerade in dem Augenblick, da sie zum Sprung ansetzt, schnappt Leu nach dem Saum ihres Rockes: ein kurzer Aufschrei und Nerrantsoula verschwindet in der Tiefe!

Ich sinke ohnmächtig zusammen.

Was weiter geschah, ist mir nicht klar in Erinnerung, denn drei Tage lang vermengten Fieber und Delirium Wahrheit und Wahnvorstellungen.

Ich erinnere mich, schreiende Weiber gehört und schwankende Fackeln und tanzende Schatten gesehen zu haben, und dann zwei geschlossene Augen, ein über und über mit Blut bedecktes Gesicht, verklebte Haare und einen herabhängenden Kopf. So muß es gewesen sein. Unsere schöne Nerrantsoula wurde in einem Wagen in das düstere Hospital gebracht.

Dies war das Ende eines Leidensweges ...

... Und der Anfang eines anderen, der viel schrecklicher war und viele Jahre währte.

Zweiter Teil

A-a-a-pfel-si-i-i-i-i-nen! Zi-i-i-i-tro-o-o-o-nen! ... Unglück über Unglück! Seit fünf Jahren verkauften wir Apfelsinen und Zitronen auf einem Handwagen, den ich an der Deichsel zog und Epaminonda von hinten schob!
Meine Eltern tot ... Tot die Eltern von Epaminonda ... Und obgleich wir etwas geerbt hatten und unabhängig leben konnten, verkauften wir in allen Straßen von Brăila Apfelsinen und Zitronen, denn wir suchten verzweifelt unsere Nerrantsoula, die einen Tag vor ihrer Entlassung aus dem Krankenhaus verschwunden war, ohne von uns Abschied zu nehmen und ohne uns ein Wort zu hinterlassen!
Zwei Para die A-a-a-pfel-si-i-i-i-ne! Ein Para die Zi-i-i-tro-o-o-ne! Unglück über Unglück! Durch Regen, durch Wind, durch stickige Glut ... Und unsere Augen immer auf der Lauer nach einem Fenster, einer Tür, die sich öffnen könnte, und in deren Rahmen das schöne Gesicht unserer Nerrantsoula erschiene.
Fünf lange Jahre! ...
Jetzt waren wir Männer ... Erwachsen, alle beide ... Gebräunt ... Bart und Schnurrbart gekräuselt; und alles in allem ganz ansehnlich. Doch verlangend blickten unsere Augen! Man hätte glauben können, wir seinen zwei junge Mönche, die sich traurig nach ihrem keuschen Leben zurücksehnen.

A-a-a-pfel-si-i-i-i-nen, Zi-i-i-tro-o-o-nen! ... Oh, wir Ärmsten der Armen! Hunderte von Malen schon hatten unsere Sohlen den Staub und den Schlamm jedes einzelnen Meters Boden all dieser »Uliţe«, all dieser Alleen und Boulevards breitgetreten! Tausendmal schon hatten unsere Augen dieselben Türen, dieselben Fenster abgesucht ... Diese trostlos aneinandergereihten Häuser mit ihren Fenstern und Türen. Die Männer und Frauen, die da aus und ein gingen ...

All dies hätte in die Erde versinken können, ohne uns Kummer zu bereiten, denn wir suchten einzig und allein unsere schöne Nerrantsoula!

Zwei Para die A-a-a-pfel-si-i-i-ne! ... Ein Para die Zi-i-i-tro-o-o-ne! ... Der Wagen hält an ... Der Wagen fährt weiter ... Ich ziehe an der Deichsel, und Epaminonda schiebt von hinten ... Tausend- und abertausendmal an einem Tag formt unser Mund dieses abgedroschene: Apfelsinen, Zitronen! Zwei Para! Ein Para!

Und da wir immer noch glauben, daß sich Nerrantsoula hinter einem Vorhang verbirgt, beginnen wir wie aus einem Munde:

»Am Gestade des Meeres, am Strande,
Nerrantsoula foundoti!
Wusch eine Jungfrau ihr Kleid,
Nerrantsoula foundoti!«

Nerrantsoula foundoti! ... Könntest du das Lied hören, ohne zu antworten? Hättest du das Herz dazu?
»Aman, Marco, aman! ... Ich sterbe!«
Denn: *Schlimm ist das Schlimme, aber ohne das Schlimme kommt's noch schlimmer.*[1]

Die ganze Stadt haben wir so durchwandert, von den vornehmen, stillen Vierteln, kalt wie die satten Menschen, die sie bewohnen, bis zu den übervölkerten Vorstädten mit ihrem Getobe, ihrem Schmutz und ihrem Lärm. Hier ist das Volk viel menschlicher, viel teilnahmsvoller dem Geheimnis der beiden Händler gegenüber, *die ihre Ware ausrufen und dabei klagend singen, als suchten sie ihre in der Hochzeitsnacht verschwundenen Bräute.*
(O du verkanntes Volk! Nur du verstehst es, das Mißgeschick der Menschen zu erfühlen, denn dir allein ist alles Unglück im Leben schon widerfahren! ... Du hast gelitten, und du weißt mit allen Bedrückten zu leiden.)
Mechanisch verteilen unsere Hände Zitronen und Apfelsinen und sammeln Münzen ein. Doch ach! das ist es nicht: Unsere Köpfe drehen sich wie Wetterfahnen; und wir bemerken nicht, daß Straßenkinder uns unsere Ware stehlen.
Aller Groll, den unsere Drachen einst heraufbeschworen hatten, ist vergessen ... Kein Stein wird uns mehr nachgeschleudert ... Niemand will uns mehr etwas anhaben ... Zwei Hammel mit wehmütigem Blick sind wir geworden,

[1] Rumänisches Sprichwort

zwei Wesen aus einer anderen Welt, die sich wie Automaten bewegen. Vergebens wagen es selbst die schüchternsten Mädchen, sich uns zu nähern und unsere Bärte zu streicheln: Keine von ihnen kann uns Nerrantsoula ersetzen!

»Bre Marco!«

»Bre Epaminonda!«

Allabendlich in nächtlicher Dunkelheit auf unser Lager gestreckt, wiederholen wir unter traurigen Seufzern dieselben Fragen: »Weshalb, warum hat *sie* uns so grausam verlassen?«

»Und wo, wo hält sie sich versteckt?«

»An wen, Herr, du mein Gott, an wen nur verschenkt unsere schöne Nerrantsoula jetzt ihre Zärtlichkeiten?«

»Ist sie verheiratet? (Ah! Aman!)«

»Aman, Nerrantsoula!«

»Nerrantsi! Nerrantso! Wo bist du?«

Unsere Arme strecken sich sehnsüchtig in die Finsternis, der Unendlichkeit entgegen, die uns unser Glück, unsere Seligkeit verbirgt.

Unser? Jawohl, *unser*: unser beider Glück. *Unsere* Nerrantsoula!

Jetzt nämlich wollten wir nichts weiter; wenn es auch wahr ist, daß wir ehemals Dinge verlangten, die verwirrend und aufreizend waren und Haß säten ... Heute, wie schon seit langer Zeit, seit dem Tage, da Nerrantsoula unsere Herzen bei ihrem Verschwinden mitnahm, haben wir nur ein Verlangen: unsere Freundin mit dem strengen und in seiner Reinheit wollüstigen Gesicht wiederzusehen, unsere

Freundin und Geliebte, die uns mit einer Liebe liebte, die wir nicht begriffen.
Diese Liebe, diese Freundin, dieses erstaunte Gesicht, diese wollüstige Unschuld, all dies fehlte uns zu unserer Glückseligkeit, und nichts konnte es uns ersetzen.
O Mensch! Wenn ein weibliches Wesen dir ein Freund sein kann, steht es hoch über der besten Ehefrau, ist vollkommener als die sinnlichste Geliebte und überholt um tausend Armeslängen die innigste Freundschaft von Mann zu Mann, denn die Frau ist vielfältig, veränderlich wie die Erde, die uns bezaubert und nährt.
Wo ist sie, *unsere* Nerrantsoula, damit wir uns ihr zu Füßen werfen und betteln können: »Freundin! Freundin! Wir haben Frieden geschlossen. Schenke uns deine Schürze, damit sie uns als Ikone diene am Tage und als Kissen in der Nacht! Am Tage werden wir sie küssen, wie man es mit heiligen Bildern tut! Friedlich, brüderlich werden wir des Nachts unsere Köpfe darauf legen! Denn wir haben Frieden geschlossen, Freundin! Schenke uns deine Schürze!«

Und ich zog die Deichsel, Epaminonda schob von hinten. Gleichzeitig riefen wir: »A-a-a-pfel-si-i-i-i-nen, Zi-i-i-tro-o-o-nen!« (Unglück und Elend! O wir Bejammernswerten!)
Auf diese Art hatten wir hundert- und aberhundertmal die ganze Stadt durchwandert, jeden Winkel, ausgenommen eine Straße oder vielmehr einen bestimmten Teil einer Straße.

Brăila das üppige Weibsbild, das ihren Liebhaber, den Donaustrom, bald aufregt, bald lüstern betrachtet, hat eine Lage, die vielleicht einzigartig auf der Welt ist: fast einem voll entfalteten Fächer gleich. Vom Knauf, der den Knotenpunkt der Stadt darstellt, erstrecken sich strahlenförmig acht Straßen und zwei Boulevards und bilden ebensoviele Arme, die ihre Taille umschlingen und sie dem Strome zeigen wie eine verführerische Gabe; aber damit die Schöne nicht verlegen werde, halten vier Avenuen den Ansturm dieser zehn Arme auf: sie durchziehen sie wie das Fächerband den Fächer.

Unendlich lang, von Strombett zu Strombett, trägt jeder der zehn Straßenzüge in seiner ganzen Ausdehnung denselben Namen, wenngleich sie von den Aveneuen unterbrochen werden, immer in Windungen verlaufen und an der Peripherie der Stadt ihre sechshundert Hausnummern erreichen. Das Volk, das die Eintönigkeit nicht liebt, hat die Straßenstücke, die durch die großen Verkehrsadern entstehen, nach seiner eigenen Logik benannt; daher die Bezeichnungen für unsere berüchtigten *mahalas*: Juden-, Griechen-, Russen-, Zigeunerviertel und andere mehr.

Eine dieser *mahalas*, jene nämlich, die unsere Füße noch niemals betreten hatten, ist ein Stück der Strada Unirii und wird die »Grube« genannt. Schicksalsschwerer Name! Denn die »Grube« ist fürwahr eine Gruft für die Frau, die sich dort hineinstürzt, um der Gier der Männer ihre Jugend zum Fraß auszuliefern. Die ganze Strada Unirii hat historische Bedeutung: Hier lag in alter Zeit der Festungsgraben, der die Stadt zur Türkenzeit schützte.

Aber warum hat das Volk den Namen »Grube« nur für den Teil der Straße beibehalten, der am Abend aufflammt im Lichte von hundert roten Laternen? Weil:

In der Grube, mein Junge, in der Grube,
Tritt man ein und bezahlt einen Piaster:
Dort treiben es alle wie der Hund mit den Hündinnen ...

So erklärt ein zotiges Lied aus der damaligen Zeit.
In der Grube gibt es fast kein anständiges Haus mehr. Kaum fielen diese Hündinnen ein, da verkaufte ein Bürger nach dem andern seine Wohnstätte an *ţaţas* und *nenes*, die glänzend bezahlten; denn die Industrie der »Liebe«, die käuflich ist, blühte in gleichem Maße auf wie die andern Geschäftszweige der modernen Welt, in der sich alles mit derselben Schamlosigkeit »vereint«.
Keine anständige Familie mehr. Die meisten Eltern mußten betrübt erleben, daß ihre Söhne, in dieser Straße geboren, fast noch im Knabenalter Zuhälter wurden. Auch die Mädchen, selbst wenn sie sich anständig verheirateten, unterschieden sich weder in ihrer Sprache noch in ihrem Gebaren von den »Hündinnen«, denn:

Von den Bädern der Diana
Bis zur Mühle von Milona,
Hört man nur den Ruf von Stana:
Komm, mein Süßer, komm, mein Herz.

Die Bäder der Diana lagen eine Straßenecke von der Grube entfernt, begrenzt von der Avenue Victoria, die Dampfmühle Milona am anderen Ende; dort führte die Avenue Galaţi vorbei.
Oft kamen wir dort vorüber, hielten unsere Karre an, aber ... Unser Hirn, unsere Augen, all unsere Gefühle widersetzten sich der unaussprechlichen Idee, daß unsere Nerrantsoula in dieser Hölle leben könnte. Niemals hätten Epaminonda noch ich gewagt, etwas derart Schändliches auszusprechen. Angeekelt standen wir vor einem der beiden Zugänge und betrachteten einen Augenblick die wie zu einem Maskenball bekleideten Trauben von Mädchen, die sich an den Türen drängelten, mit rauher Stimme den Passanten zuriefen oder sie an den Armen heranzogen. Betrunkene Jüngelchen stützten sich gegenseitig, schleiften ihre Röcke im Staub nach und krakeelten stieren Auges, gefolgt von einem armseligen Zigeuner, der auf seiner Fiedel herumkratzte. Jene Weiber räubern einen Mann oft in kürzerer Zeit aus, als man zum Anzünden einer Zigarette braucht.
Von weitem betrachteten wir diese schrecklichen Szenen, sahen uns in die Augen und zogen stumm von dannen.

Aber eines Tages – eines schönen Frühlingstages –, als wir mit unseren Apfelsinen bei der Grube vorbeikamen, sandte uns der Himmel ein Zeichen, das uns wie angewurzelt stehen ließ; wir konnten nicht weiterfahren; wir konnten es nicht!

Es war Abend. Wir kamen an der Dampfmühle vorbei, als eine Meute von brünstigen Hunden und Hündinnen (wirkliche Hunde und Hündinnen) die Grube heruntertobte und sich zwischen unsere Beine und auf unsere Karre stürzte. In diesem Augenblick hörte ich Epaminonda gellend aufschreien: »Leu! Leu! . . .«
Bei diesem Schrei, der mich erbeben ließ, löste sich ein großer, starker Rüde aus dem Rudel, als ob bekannte Laute sein Ohr getroffen hätten, näherte sich uns, beschnupperte schnell unsere Hosen und raste dann, seiner anderen Begierde folgend, wieder davon.
»Aman, Marco! Aman, Epaminonda! Glaubst du, daß er es ist? Und wenn? . . . Und wie? . . . Bei wem? . . . Was?«
Wir ließen unsere Ware im Stich und rasten hinter den Hunden her, rasender noch als sie. Manchmal waren wir zwischen ihnen und versuchten ihre »Hochzeit« zu stören; und so rasten wir rund um den Häuserblock, der von der Avenue Galaţi, dem Boulevard Cuza, der Muttergotteskirche und dem Boulevard Carol gebildet wird, als ein Kneipenwirt einige Eimer Wasser über das Rudel Hunde goß und sie dadurch auseinandertrieb.
»Leu! Leu!« fingen wir wieder zu schreien an.
Der Hund schüttelte kräftig sein durchnäßtes Fell; lässig beroch er uns aufmerksamer, doch ohne Begeisterung, wie zerstreut, da sein Gedächtnis den Kindheitserinnerungen nicht genügend zu Hilfe kam; denn fünf lange Jahre lagen dazwischen.
»Das soll Leu sein?«
Wir waren nichts weniger als sicher. Weder das Fell noch

der Blick waren so, wie wir sie gekannt hatten. (Vielleicht stellte der Hund über uns ähnliche Betrachtungen an.) Schließlich ließ er sich streicheln, wenn auch gleichgültig und zerstreut.

»Laß uns die Karre holen und ihm folgen«, sagte ich zu meinem Freund.

Wie durch ein Wunder stand unsere Karre noch, wo wir sie verlassen hatten, aber von den dreihundert Apfelsinen und Zitronen, die darauf gelegen hatten, waren nur noch ungefähr vierzig übrig geblieben: die Passanten hatten sicher geglaubt, daß dies so verrückten Händlern, wie wir es waren, nichts ausmachen könne.

Der Verlust der Apfelsinen und Zitronen hatte nichts zu bedeuten. Auch der Verlust der Karre selbst, die am Abend dieses denkwürdigen Tages auch noch verschwinden sollte, als ob sie nie dagewesen wäre, war uns gleichgültig. Denn als wir Leu folgten – es war doch der Leu unserer Nerrantsoula, er führte uns vor das Haus seiner Herrin –, wären wir fast gestorben, gestorben wie jemand stirbt, der erfährt, daß seine eigene Nerrantsoula eine dieser »Grüfte« bewohnt, an denen die Welt reich ist, und daß sie – sie, die Freundin mit dem ernsten, von wollüstiger Reinheit überstrahlten Gesicht – nichts anderes ist als eine Hure!

Zuerst wußten wir noch nichts und wollten es auch nicht glauben. Wir folgten dem Hund ... Als er in die Grube einbog, entzogen wir ihm all unser Vertrauen: »Nein ... Das ist nicht Leu.«

Und doch folgten wir ihm, zogen unsere um seine Ware erleichterte Karre und ertrugen das Kreuzfeuer der Blicke

der Mädchen und ihre zärtlichen Worte, die uns wie tödliche Beleidigungen trafen.
Der Hund steuerte auf eine offene Tür zu und verschwand, ohne einen Blick für seine Verfolger übrig zu haben.
Wir prüften das Haus. Es war das reichste der ganzen Grube, schön durch die Verzierungen der Fassade, vornehm durch seine herabgelassenen Vorhänge, aber die rote Laterne fehlte nicht, eine ganz vergoldete Laterne.
»Das ist ein Haus ersten Ranges«, murmelte Epaminonda.
Wir wußten, daß am Graben zwei oder drei Häuser »ersten Ranges« lagen, die von Seeoffizieren und »sehr feinen« verheirateten Männern besucht wurden. In diesen Häusern waren nur wenige, ganz junge und sehr schöne Mädchen. Sie zeigten sich nie an den Fenstern oder auf der Türschwelle: Darauf wurde gesehen.
»Was sollen wir tun, Marco?«
»Wir werden – auf alle Fälle – ausrufen, Epaminonda.«
Den Blick bald zu den Fenstern, bald auf unsere Handvoll Ware gerichtet, riefen wir: »A-a-a-a-pfel-si-i-i-i-nen! Zitro-o-o-o-nen!« (Unglück, o Jammer!)
Und dann sahen wir uns fest in die Augen:

Am Gestade des Meeres, am Strande,
Nerrantsoula foundoti!
Wusch eine Jungfrau ihr Kleid,
Nerrantsoula foundoti!

Daß der Herr alle Wesen vor solchem Augenblick bewahre! Ich traute mich nicht zu den Fenstern aufzusehen, aber Epaminonda, der es wagte, bekam plötzlich die Züge eines

Menschen, der bei vollem Bewußtsein stirbt: »Ama-a-an!« stöhnte er, schloß die Augen und stützte sich mit dem Rükken an die Karre.

Gleichzeitig hörte ich, wie sich ein Fenster öffnete und eine Stimme – melodisch, fast vertraut, aber gleichsam aus dem Jenseits dringend, ausrief: »Ah! ... Ihr seid es, Marco! Epaminonda! Kommt schnell herauf!«

Und das Fenster schloß sich. Die Jalousie fiel rasselnd herab.

Noch immer hatte ich nicht aufgeblickt, nichts gesehen, aber ... Der Herr schütze das Menschenherz vor solcher Abscheulichkeit! Der Tod ist vorzuziehen ...

Mit Leichenträgerschritten gingen wir in den Hof, ins Haus, von Nerrantsoula eingeführt, jawohl, von unserer Nerrantsoula, schön in seidenem Morgenrock und Pantöffelchen, schön und unbefleckt, ein jungfräuliches Wesen mit unwissendem Kinderblick und gar nicht geschminkt. Ihre reichen, vollen Haare, von allen Seiten »auf ungarisch« hochgenommen, waren das einzige Kokette an ihr.

Sie stand an der Schwelle, ergriff jeden von uns an einer Hand und drückte sie kräftig: »Mein Gott ... Marco ... Epaminonda ... ich dachte, ihr wäret gestorben. Warum diese Mienen? Kommt in mein Zimmer! ... Wir werden uns viel zu erzählen haben ... Wie schön seid ihr mit euern Bärten! ... Aber warum seht ihr mich so an? Was ist denn los?«

Dann zog sie uns hinter sich her, öffnete heftig die Tür zum Salon und rief befehlend: »He! Cafegiu! Drei tadellose Kaffees und Zigaretten ›Royal‹ zu mir aufs Zimmer! Und daß man mich heute nicht mehr stört! Verstanden?«

»Aber mein Täubchen ...«

Aus dem Salon, in dem drei Seeleute mit drei jungen Frauen Kaffee tranken, miaute eine fette *ţaţa*, eine richtige *codoşca*[1], jene Worte, die Nerrantsoula wütend unterbrach:

»Was? Was willst du?«

»Aber ... Anicuţa ... mein Täubchen ... du kannst doch nicht mit Leuten gehen, die ...«

»Mit Leuten, die was? Sieh einer an!«

Mit einem Fußtritt warf sie ein Tischchen um, und die Vase, die darauf stand, zerbrach.

Die *ţaţa* begann zu stöhnen: »Anica! Anicuţa! Du wirst vollständig verdreht, mein Töchterchen! Was ist denn los, zum Teufel! Man kann nicht einmal mehr mit dir sprechen! Das hat man davon, wenn man zu gut zu diesen Kinderchen ist!«

Bereit, sie zu zerfleischen, funkelnd vor Zorn, folgte Nerrantsoula mit blitzenden Augen den Bewegungen der Bordellmutter, als sie die Scherben der Vase aufsammelte und in die Schürze des Cafegiu warf. Dieser entfernte sich unterwürfig. Die ţaţa ging in den Salon zurück, verärgert, aber stumm.

»Kommt mit mir! Ich bin so froh, euch wieder zu haben!« sagte sie, unsere Hände fassend, sie, die in diesem Hause »ersten Ranges«, in dem wir sie nach fünfjährigem Suchen entdeckt hatten, Anicuţa genannt wurde.

[1] Pejorativ: Hurenmutter (Anm. d. Hrsg.)

Ohne bis jetzt ein Wort hervorgebracht zu haben, gingen wir durch einen langen Gang, dann durch einen kleineren Raum, um in einem großen Zimmer zum Platznehmen genötigt zu werden; nichts erinnerte hier an die Schrecknisse eines in der Grube gelegenen Hauses. Alles, was wir in diesem Zimmer sahen, war so unschuldig, harmlos, so kindlich in seiner Anordnung und Unordnung, daß ich mich ernstlich fragte, ob ich mich nicht in einem Fieberwahn befände.

Die Decke, die Fensterrahmen hingen voll von großen Zweigen blühender Akazien, deren Duft uns betäubte. Eine dicke Schicht abgefallener Blüten lag auf Fußboden und Möbeln. Das reich verzierte Bett ähnelte dem Bett einer großen Puppe, doch an Stelle einer Puppe thronte Leu wie ein Pascha darauf. Überall trug die schöne Bettdecke Spuren seiner schmutzigen Pfoten. Mit neugierigen Augen sah uns der Hund an, wedelte freundlich mit dem Schwanze und sprang zur Erde, um uns, diesmal mit Wohlbehagen, zu beschnuppern.

»Habt ihr ihn sofort wiedererkannt?« fragte unsere arme kleine Freundin.

Es war unmöglich, den Mund aufzumachen. Wie zwei Blödsinnige suchten wir einer in des andern Augen nach einem Gedanken, einem Ausweg, einer Antwort.

»Aber so hört doch! ... Freunde! ... Was bedrückt euch denn so? Paßt mal auf: vielleicht wird euch das lebendig machen ...«

Und sie umschlang uns stürmisch und küßte uns auf die Wangen. Mitten im Zimmer standen zwei Diwane; sie begann von einem zum anderen zu springen, ihren unvergeßlichen Refrain singend, wie damals, als sie über den Graben sprang, der sie fast das Leben gekostet hatte:

»Nerrantsoula foundoti!
Nerrantsoula foundoti!«

Bei diesem plötzlichen Anruf der Vergangenheit schlug eine Flut bitteren Schmerzes über Epaminonda und mir zusammen ... Unsere Lippen begannen zu zittern, Tränen schossen uns in die Augen ... Sie aber sah wieder nichts. Groß und schön, herrlich gewachsen vom Scheitel bis zum Sohle, sprang sie von einem Diwan zum anderen; bis zum Knie zeigte sie uns ihre prachtvoll geformten Beine, und ihre festen Brüste zitterten. Sie schien dafür geschaffen, Männer zu tödlichem Kampf gegeneinander aufzustacheln.

Der Cafegiu kam mit seinem blitzenden Nickelgeschirr. Wir drehten ihm den Rücken zu und trockneten verstohlen unsere Augen. Nerrantsoula nahm ihm das Geschirr ab, und er entfernte sich. Sie stellte es auf einen Schemel, den sie zwischen die Diwane geschoben hatte, zog einen Sessel heran und ließ sich darin nieder, den Kaffee zu ihren Füßen. Da saß sie nun, zündete sich eine Zigarette an und betrachtete uns freundlich.

Wir standen noch immer.

»Kommt«, sagte sie und schlug mit beiden Händen auf die Diwane. »Kommt, ihr Griesgrame ... Hierher ... Einer rechts, der andere links, jeder auf seinen Platz, damit es keinen Streit gibt, wie zur Zeit unserer Brombeeren ...

Und, Herr des Himmels, sprecht doch ein Wort! Hat euch meine Schönheit plötzlich stumm gemacht?«

»Schö-ö-ö-ön ... Nerrantsoula ... wie ein Diamant im Sonnenlicht!«

»Schö-ö-ö-ön ... Nerrantsaki ... wie die Träume unserer schönen Kindheit ...«

»... Welch Unglück ...«

»... ja, Unglück ...«

»... All diese Pracht, in dieser Gruft verschüttet!«

»So viel Zauber und so viel Glanz, die alle Häßlichkeit beleidigen!«

»... Glänzende Perlen, den Säuen vorgeworfen!«

»... Ein zarter Seidenschleier, den Händen eines Irren ausgeliefert!«

»... Eine Rose in voller Pracht, lieblos zerpflückt!«

»... Ein herrlicher Schmetterling, grausam verwundet!«

»... Und warum, o Gott, warum dieser jämmerliche Frevel?«

»... Ja, Nerrantsoula, warum diese Schande?«

»... Warst du nicht zufrieden? ... Wurdest du nicht geliebt? ...«

»... Hattest du nicht die Wahl zwischen zwei Freundesherzen?«

»... So viel Zärtlichkeit, mit Füßen getreten!«

»... So viel Liebe, grausam gemordet!«

Unbeweglich, ihre Zigarette rauchend, die großen, schönen, pechschwarzen Augen auf uns gerichtet, hörte uns Nerrantsoula an. Ihre Augenlider mit den unnatürlich langen Wimpern blinzelten; ihre Miene verriet keine Gemütsbewegung, ihr Atem schien auszusetzen. Einzig und allein die beiden Finger, die die Zigarette hielten, hoben sich immer wieder an ihre Lippen.
So ließ sie uns klagen, bis wir uns alle Bitterkeit vom Herzen gesprochen hatten. Als wir schwiegen, murmelte sie, immer noch unbeweglich, mit kaum vernehmlicher, aber bestimmter Stimme, ohne Erregung: »Freunde, an *diesem* Ort ist niemand gern gesehen, der herkommt, um so tiefsinnige Gespräche zu führen. Man spricht nicht vom Strick, wenn man den Gehenkten vor sich hat, und wenngleich gehenkt, sind wir doch niemals vollkommen tot; und so zu sprechen, wie ihr sprecht, heißt uns von neuem henken: warum verzeiht man uns niemals den Mut, sein zu wollen, was wir sind? Und ist man denn sicher, daß wir es gewollt haben? – Was soll das! ... Sprecht von anderen Dingen ... Vor allem setzt euch, trotz des ›Schmutzes‹ ... Der ist überall.«
Nerrantsoula nahm uns bei den Händen, zog uns zu sich und wies jeden von uns auf seinen Diwan: »So ... nun aber nett sein ... raucht ... wollt ihr Kaffee? ... Könnt ihr noch rauchen? Versteht ihr zu trinken? Einen Likör, einen anständigen Wein? Rauchen und trinken und in die Augen eines Freundes blicken, den man liebt! Mein Gott! Marco! ... Epaminonda! ... Was seid ihr stumpfsinnig! Wahrhaftig, ich bin's, die leidet, und ihr sterbt daran!«

»Wir haben auch gelitten!«
»Entsetzlich, entsetzlich ...«
»Worum habt ihr gelitten? Um euer Elend? An meines denke ich nicht, ich ...«
Sie stieß ihren Stuhl zurück und sah bald den einen, bald den anderen mit brennenden Augen an. Dann stand sie auf, ging an einen Schrank und kam mit einer Kognakflasche und drei Gläsern zurück.
Wir rauchten, tranken und sahen uns in die Augen. Ich fühlte, wie das Eis schmolz.
Epaminonda fragte schwermütig, doch mit einer gewissen Lebhaftigkeit: »Wie ich hörte, nennt man dich hier im Hause Anicuţa ... Ist das dein richtiger Name?«
Nerrantsoula schnellte wie eine Feder in die Höhe: »Mein richtiger Name! Mein richtiger Name! Ich habe keinen richtigen Namen! ...«
Mit weit aufgerissenen, funkelnden Augen ging sie im Zimmer auf und ab: »Jeder nennt mich, wie er will: Sacagiţa, Anicuţa oder noch anders, ganz nach Belieben und je nach dem Ort. Ihr habt mich Nerrantsoula genannt. Oh, dieser Teufel Nerrantsoula, der mich so in seinen Krallen hielt, daß ich es um ein Haar mit dem Leben bezahlt hätte.«
Sie wollte noch mehr sagen, aber schwere Schritte, die sich unserm Zimmer näherten, hießen sie schweigen. Man klopfte. Nerrantsoula öffnete. Es war die fette *ţaţa*.
»Ich habe gesagt, daß ich heute nicht mehr gestört werden will!« rief unsere Freundin aus.
»Weiß schon ... weiß schon«, beruhigte die andere, trat ins Zimmer und betrachtete uns einfältig; »aber diese Her-

ren ... du verstehst doch, Anicuţa: ich muß doch an meine ›Taxe‹ denken.«

Vor diesem »Recht« konnte Anicuţa nicht mehr Nerrantsoula sein, und nicht einmal Sacagiţa. Wie angewurzelt stand sie stumm mitten im Zimmer und blickte wild auf die *ţaţa*, die ihre »Taxe« in all ihrer Widerlichkeit verkörperte.

»Wie hoch?« fragte ich.

»Fünf Piaster die Stunde und Person«, sprudelte die *codoşca* los, bevor ich noch mit der Frage fertig war.

Epaminonda und ich bezahlten sofort; und die abscheuliche Vettel entfernte sich, gefolgt von dem unsicheren Blick der bedauernswerten Anicuţa. Doch als das Scheusal verschwunden war, schüttelte Anicuţa allen Kummer ab und wurde sogleich wieder unsere schöne Nerrantsoula. Ihre Arme wie Flügel ausgebreitet, drehte sie sich im Kreise und warf sich aufs Bett, wohin ihr Leu sofort nachsprang. Von dort aus sah sie in die von der Decke herabhängenden schneeigen Akazienblüten; eine Hand streichelte den Kopf des Hundes, die andere vollführte lässige Gebärden in der Luft. Dann begann sie wie im Selbstgespräch, aber leidenschaftlich zu sprechen: »Freunde, nein ... mit euch darf ich nicht böse sein ... Meinen wahren Namen würde ich weder euch noch Gott sagen. Ich verabscheue ihn. Er ruft in mir die Erinnerung an eine häßliche, qualvolle Kindheit wach. Wer ihn vor mir ausspräche, den würde ich schlagen. Außerdem will ich ihn überhaupt vergessen.

Was ich aber nicht vergessen kann und was ich euch anvertrauen will, ist meine Kindheit. Vielleicht macht sie vieles verzeihlich, was ihr, die ihr mich liebtet, durch mich erleiden mußtet. Denn die Kindheit ist die Grundlage; alles baut sich auf ihr auf: Sie ist die Zeit, da sich das Leben unseren aufgerissenen Augen auftut. Erleben wir sie an der Seite einer scheußlichen Megäre, so verfluchen wir das Leben und werden böse.

Unter solchen Umständen erschloß sich mir das Leben. Diese entsetzliche Megäre war meine Mutter, eine Jüdin, Tochter reicher Eltern; ich bin ihr Ebenbild. Aber sie fühlte sich ebensowenig Jüdin wie Christin und lebte nur ihren Leidenschaften. Deshalb wurde sie von ihrer Familie, kleinlichen Leuten, wie sie erzählte, verstoßen.

Sie bedauerte nichts, denn kleinlich war meine Mutter weiß Gott nicht.

›Was nützt das Leben‹, verkündete sie oft bei ihren Klatschereien mit den Nachbarinnen, ›was nützt das Leben, wenn man immer nur gähnt, beim Arbeiten gähnt, beim Amüsieren gähnt, beim Beten gähnt und sogar gähnt, wenn man mit einem Mann im Bett liegt!‹

›Adela‹, erwiderte ihr eines Tages unser Hauswirt, ›ich glaube nicht, daß Ihre Eltern gegähnt haben, als Sie gemacht wurden, denn Sie sind eine richtige Teufelin.‹

›Ha! Sicher nicht, Herr Grigore, sicher nicht! An jenem Tage zählten sie entweder das Gold, das sie zusammengerafft hatten, oder meine Mutter hat sich von unserem Küfer umarmen lassen. Daher war ich eine Fremde in unserer Familie: Alle meine Brüder und Schwestern schlafen im Stehen, was beweist, daß meine Mutter während ihrer Empfängnis Fliegen gefangen hat!‹

Unser Hauswirt hatte mit seiner Meinung recht, daß sie

eine richtige Teufelin sei: meine Mutter gähnte nicht, fing keine Fliegen. Unser ganzer Ort begehrte sie. Man riß sich um sie, da sie ja doch nun einmal ihren Lebensunterhalt im Schweiße ihres Angesichts verdienen mußte. Doch sie tat es ausgelassen, singend vom Morgen bis zum Abend; und diese Frau, die jeder liebte, haßte ich. Wir wurden Feindinnen von der Sekunde an, da sie bei meinem Anblick ihr haßerfülltes Gesicht über mich beugte; denn meine Geburt bedeutete eine Fessel für das ungebundene Leben dieser Dirne.

Meine Mutter sprach nicht ein einziges Mal meinen Namen aus, ohne hinzuzufügen: *belea* oder *pacoste.*[1]

›Komm her, laß dich waschen, *belea!* Mach, daß du fort kommst, *pacoste,* und laß dich nicht mehr blicken.‹

Und ob sie mich rief oder fortjagte, es war immer, immer dasselbe: Ich wurde verprügelt, geohrfeigt, an den Haaren gerissen. Während meiner ganzen Kindheit verschwanden die blauen Flecke auf meinem Körper nur, um anderen Platz zu machen, und mein Kopf wurde jeden Tag grün und blau geschlagen. All dies ging heimlich vor sich, im Zimmer bei verschlossener Tür. Und wehe mir, wenn ich, wie es zuerst öfter geschah, das Schreien nicht unterdrükken konnte: Auf den Fußboden geworfen, durch ein Kissen zum Schweigen gebracht, bezahlte ich die Kühnheit schwer, unter den brutalen mütterlichen Hieben geschrien zu haben.

›Biest!‹ brüllte sie mich an; ›du bist mein Unglück. Ich bin

[1] Mißgeschick, Unglück

nicht geschaffen, Mutter zu sein, und du hast dich in mir eingenistet wie ein Wurm. Zu meinem Vergnügen schlief ich mit deinem Vater, nicht um Kreaturen wie dich zur Welt zu bringen!‹

Mein Vater ... ich wollte sagen: *ihr Liebhaber*, hochmütig und roh wie sie, war verheiratet und Vater von drei Kindern. Daß sie zu ihrem Vergnügen zusammenlagen und nicht, um Kinder in die Welt zu setzen, bezweifelte ich nicht. Es geschah stets vor meinen Augen und vor meinen Ohren, und darüber würde ich ihnen auch niemals Vorwürfe machen, denn nichts ergötzte mich mehr, nichts wog die rohe Behandlung, deren Opfer ich war, besser auf, als dies ›Vergnügen‹ mit anzusehen.

Tatsächlich war es kein ›Vergnügen‹ mehr, sondern Raserei.

Als Vierjährige verstand ich es noch nicht und entsetzte mich stillschweigend. Übrigens habe ich bis zu ihrem Tode nichts davon verstanden (diesem Ende, das mich überraschte, als ich kaum zehn Jahre zählte); in meiner Unwissenheit begriff ich den tieferen Sinn ihrer Raserei nicht. Später habe ich gelernt, daß durch diese nächtlichen Raufereien das Haus nicht über meinem Bett zusammenstürzen würde, wie ich zuerst fürchtete, und daß ich ohne Gefahr zusehen und zuhören konnte.

Das niederträchtige Verbot, meine Angst auszudrücken, zu weinen und um Hilfe zu schreien, und Schläge waren die ersten Eindrücke meiner Kindheit. Und in einer Zeit, da Kinder die Zärtlichkeit der Worte ›Mutter‹ und ›Vater‹ erfassen, lernte ich die Härte der schrecklichen Drohungen kennen, die den Ohrfeigen folgten: Pst! Pst! Sei still, oder ich erwürge dich! *Pacoste! Belea!* Die Augen, die sich über mich neigten, der Mund, der diese Beschimpfungen ausstieß, waren die meiner Mutter. Mein ›Vater‹ kam weder an mein Bett, um mich zu peinigen noch um mich zu schützen oder zu streicheln. Ich existierte nicht für ihn, wie er sich auch nicht um seine legitimen Kinder kümmerte. Ja! Er war vom gleichen Holz wie meine Mutter.

Mit angehaltenem Atem, in meine Decken verkrochen, sah ich ihn spät in der Nacht hereinkommen; ein kräftiger Kerl, groß, mit Schnurrbart, braunen Haaren und gerunzelter Stirn, den Hut auf einem Ohr. Meine Mutter erwartete ihn, kalten Braten und Wein auf dem Tisch, alles sauber gescheuert und für ihn in Ordnung gebracht. Beseligt sprang sie ihm an den Hals und biß ihn, daß er blutete. Er fing an zu stöhnen, dann biß er sie, und jetzt stöhnte auch sie auf. Dies war stets ihre Abendbegrüßung, ihre Willkommensumarmung. Ich erinnere mich, nach meiner Befreiung mehr Zartheit bei brünstigen Bullen und Kühen beobachtet zu haben als hier.

Meine Eltern hatten im übrigen etwas von der Schönheit und Triebhaftigkeit dieser Tiere und auch all ihr Unbekümmertsein.

Während ihrer Schlemmermahle waren sie phlegmatisch wie Schweine, tierisch zerkauten sie die Speisen. Und je mehr ihnen der Wein zu Kopfe stieg, desto größer rundeten sich ihre Augen, sprangen heraus und schimmerten feucht, wie die Augen brünstigen Viehs. Es war ein Vergnügen, sie so zu sehen, um so mehr, als sie im Juli ebenso wie im Dezember die Angewohnheit hatten, sich vollkommen zu entkleiden, was mir viel Freude machte, denn ihre herrlichen Körper waren in der leisesten Bewegung von vollendeter Anmut.

All dies fand ich selbstverständlich, natürlich, angenehm und zerstreuend; ich erfand alle möglichen Listen, um beim Zusehen nicht überrascht zu werden, wenn sie mich auch niemals beachteten.

Weniger natürlich und um vieles wilder wurden sie nach dem Essen, wenn sie, zwei stolzen Hähnen ähnlich, aufeinander zustürzten, um sich zu beißen, im Zimmer umherliefen, das Hausgerät durcheinanderwarfen, Stühle umstießen und alle Kräfte aufboten, um dem anderen die Zähne in das Fleisch zu graben, ohne selbst gebissen zu werden. (Aber ich glaube, daß ihre Lust in beiden Fällen gleich groß war.) Wenn sie jedoch mehrere Mißerfolge hintereinander hatte, und ihr Gegner sie Biß auf Biß mürbe machte, erreichte ihre wollüstige Raserei eine derartige Höhe, daß ich glaubte, sie würde wahnsinnig. Nach solchen Kämpfen waren die Wunden schrecklich. Dann brüllte er mit angespanntem Hals wie ein Stier, packte sie und trug seine Beute auf erhobenen Armen die vier Wände des Zimmers entlang.

Beide waren schön, geschmeidig und herrlich gewachsen; er mit krauser Mähne, sie mit aufgelösten Haaren. Dies war der einzige Augenblick, da ich meine Eltern vollkommen bewunderte.

Doch dann war es aus. Sie löschten die Lampe und stöhnten wie Kranke.

Ich verstand das nicht, und mir wurde unbehaglich.
Das Ende dieser nächtlichen Szenen erweckte ein anderes Gefühl in mir, und deshalb verachtete ich sie.
Ein kurzes Ausruhen; dann hörte ich die Stimme meiner Mutter: ›Ah! ... was für ein Leben! ... was für ein Leben! ... Ich hab's satt ... Wähle, mein Lieber, wähle zwischen ihr und mir ... So kann's nicht weitergehen. Ich werde verrückt ...‹
Das war das Signal! Für gewöhnlich schwieg er eine Zeit, dann brummte er: ›Ach, langweil' mich doch nicht ... ich kann nicht so, wie ich möchte ... das weißt du doch ...‹
Ein Wort gab das andere. Sie standen auf. Mürrisch zog er sich an. Nur im Hemd, verfolgte sie ihn solange mit Schmähreden, bis ihr die erste Ohrfeige auf der Backe brannte. Eine ganze Stunde lang regnete es von beiden Seiten Hiebe und Beschimpfungen, und sie war dank ihrer harten Arbeit muskulös und gar nicht feige.
Ah! Diese gemeinen Augen, diese scheußlichen Fratzen! ... Ekelhafte Rohlinge, die sie waren! ... Wenn sie beim Morgengrauen, die Tür zuwerfend, weggingen, dachte ich entsetzt daran, wieviele neue blaue Flecke ich an diesem Tage bekommen würde, ich, der Grund ihres Unglücks.
Zuerst, soweit ich zurückdenken kann, spielte sich dieses Raubtierleben häufig, mitunter allnächtlich ab; später trafen sie sich nur noch zwei- bis dreimal in der Woche. Von Jahr zu Jahr flaute es ab; umso heftiger wurden die nächtlichen Streitereien und Gewalttätigkeiten.
Meine Mutter war von einer barbarischen Eifersucht. In Vollmondnächten warf sie mit Quecksilber gefüllte leben-

dige Kröten, deren Mäuler zugenäht waren, in den Hof der Rivalin, um ihr damit unheilbare Krankheiten ins Haus zu bringen. Aus Rache hierfür besudelte die Frau ihres Liebhabers unsere Fenster mit Kot. Am Morgen mußte ich helfen, den Gestank abzuwaschen, weinte vor Abscheu und wurde geschlagen.

Es kam auch vor, daß die beiden Frauen einander auflauerten und zusammengerieten. Die ganze Nachbarschaft lief herbei und lachte, denn ohne sich allzuviel zu tun, rissen sie einander an den Haaren und spuckten sich ins Gesicht. Das Gekeife war unbeschreiblich. Und die Leute, die meine Mutter ihrer Tapferkeit wegen schätzten, fragten sich oft, wie eine Jüdin zu derart gemeinen rumänischen Sitten herabsinken könne.

Sie konnte es. Und sie sank tiefer und tiefer, ja sogar so weit, daß sich ihrer ein religiöser Wahn bemächtigte, der sie vollständig zugrunde richtete. Unser Zimmer wurde mit Heiligenbildern aller orthodoxen Kirchenheiligen überschwemmt. Kerzen und Lampen brannten darin. Popen gingen bei ›der Jüdin‹ ein und aus. Und die Jüdin erhielt die Taufe, wovon sich die Unglückliche ›einen Umschwung‹ in den Gefühlen ihres ›christlichen‹ Geliebten versprach, dem aber der ganze Popenkram höchst gleichgültig war.

Ein Wandel trat zwar ein, aber zum Schlechten. Meine Mutter war sauber und arbeitsam gewesen, jetzt wurde sie eine üble Betschwester, schlampig und faul. Unser Haar war verlaust. Das Elend hieß uns fasten, was die Popen so sehr lieben, wenn es sich um ihre Schäflein handelt. Ihr

Liebhaber kam noch ein- oder zweimal, fand aber, daß meine Mutter anfing, ›eine Ehefrau zu werden wie alle anderen Ehefrauen‹ und blieb dann fort.
Ich war damals neun Jahre alt. In stumpfem Kummer über ihre Verlassenheit tat die ehemals schöne Adela nichts anderes, als durch die Straßen zu laufen, um ihren Kerl abzufangen. Sie flehte ihn an, noch einmal wiederzukommen, wenigstens ein allerletztes Mal.
Unlustig strolchte ich zerlumpt von Haus zu Haus, um ein Stück Brot zu finden.
Eines Abends sah ich die beiden an einer Straßenecke beieinanderstehen. Sie war betrunken: ›Komm mit, Liebling ... komm ... oder ich hänge mich auf ...‹
Voll Mitleid streichelte er ihre Hand und sagte zärtlich: ›Arme Adela! ... Du brichst mir das Herz. Aber du stinkst nach Fusel wie eine *rachidgița* ... und dann ist es auch zu dreckig bei dir.‹
Diese Rede wirkte wie ein Peitschenhieb auf sie. Sie verkaufte ihr letztes Schmuckstück, ein wunderschönes Armband, reinigte das Haus, machte sich beinahe verführerisch zurecht und erreichte es so, ihren ›Liebsten‹ wiederzubekommen.
Es war im Herbst ... Die Kälte setzte schon ziemlich stark ein, und meine Mutter machte Feuer. Ich wäre ganz zufrieden gewesen, von meinem Bett aus zusehen zu können, wie sie sich noch einmal liebten, aber gerade an diesem Abend hatte mich meine Mutter nach langer Zeit wieder um nichts unmenschlich geschlagen und hungrig ins Bett geschickt. Als ich die beiden dann noch eine gebratene Gans ver-

schlingen sah, lief mir das Wasser im Munde zusammen, und ich haßte sie tödlich.

Die armen Teufel ... Wie konnte ich ahnen, daß der Tod schon hinter ihnen stand! ... Mich wollte er auch holen, und fast wäre es ihm geglückt. Der Hunger hielt mich wach und rettete mir das Leben; denn ich wartete nur auf den Augenblick, daß sie einschliefen, um mich über die Reste ihres Schlemmeressens zu stürzen.

Kurz nach Mitternacht, nach den üblichen Lärmszenen, kam der Augenblick, in dem meine Mutter ein letztes Mal bewies, daß sie, selbst mit Todesgedanken im Sinn, beim Liebesspiel keine Fliegen fing.

Sie hatten sich in einem Zustand schlafen gelegt, wie ich sie noch nie gesehen hatte, stumpfsinnig und schwankend. Er besonders schien schwer wie Blei. Ihn hörte ich als ersten schnarchen; beide schnarchten im Einschlafen. Schon wollte ich aus dem Bett schlüpfen, um hastig ein Stück von der Gans zu stibitzen, als meine Mutter aufstand und Licht machte. Rasch schloß ich wieder die Augen und lag wie tot. Sie beugte sich über mich – ich roch ihren widerlichen Schweiß –, dann hörte ich sie hinausgehen und im Hof poltern.

Sie bleibt lange fort. Als sie zurückkommt, setzt sie einen Gegenstand auf die Erde, löscht das Licht und kriecht sofort ins Bett.

Ich öffne die Augen und will sehen, was sie angeschleppt hat, aber im selben Augenblick betäubt mich ein Geruch. In der Mitte des Zimmers erstrahlt aus der völligen Dunkelheit ein Lichtkegel und sprüht knackende Funken. Da

ich nicht wußte, daß man sich mit Holzkohlenfeuer vergiften kann, sagte ich mir: Ihr ist kalt, und sie hat Feuer angemacht, aber warum hat sie nicht den Ofen angesteckt? So macht es Kopfweh!
In dem drückenden, düsteren Schweigen richte ich mich auf und lausche: Er schnarcht noch immer; meine Mutter rührt sich nicht; und das Kohlenbecken leuchtet stärker und stärker; knackt und stinkt fürchterlich. Mein Hunger ist verschwunden, ich möchte mich am liebsten übergeben. Leise verlasse ich mein Bett, sammle meine Kleider zusammen, vergesse wohlweislich das Stück Gänsebraten nicht, verlasse das Zimmer und schließe vorsichtig die Tür hinter mir. ›Damit sie schlafen können und ihnen nicht kalt wird‹, denke ich voll Angst. Ich möchte am anderen Morgen nicht mehr als gewöhnlich geschlagen werden.
Ich wurde nicht mehr geschlagen, denn am anderen Morgen war ich eine Waise, dem Tode entronnen, dank der Grausamkeit einer Mutter, die ihr Kind ohne Abendbrot zu Bett geschickt hatte.
Nach einer Nacht, die ich im Stall auf dem Heu verbrachte, ging ich am Morgen, von einer Nachbarin begleitet, furchtsam in unser Zimmer: Meine Mutter und ihr Grieche waren tot, erstickt.«

Bei den letzten Worten ihrer Lebensgeschichte sprang Nerrantsoula mit einem Satz in die Mitte des Zimmers: »So, nun wißt ihr alles! *Viel sei ihnen verziehen, da sie so viel geliebt haben.*«

Und sie umarmte und küßte uns: »Wird mir auch viel verziehen?«
Epaminondas Blick war verstört und seine Gedanken schweiften in die Ferne: Er dachte dasselbe wie ich; und ihm kam es von den Lippen: »Dein Vater war also Grieche . . .«
Nerrantsoula zuckte zusammen: »Grieche? Das habe ich nicht gesagt!«
»Doch«, griff ich ein, du hast gesagt: »Meine Mutter und ihr Grieche waren tot . . .«
»Und was kann euch das bedeuten?« stieß sie gereizt hervor.
Es bedeutete viel für uns. Sie wußte es ebenso gut wie wir, denn die Wahrsagerin in den Sümpfen hatte ihr aus der Hand geweissagt: »Dein Leben wird schrecklich sein, und dein Schicksal ist an einen Burschen gebunden, *der vom Volk deines Vaters ist.*«
Dieser Bursche war also Epaminonda. Ich dachte es mir schon. Er dachte auch daran, ich las es in seinen Augen, die fast herausfordernd auf mich starrten, und die mir deutlich zu verstehen gaben: »Von uns beiden bin ich von ihres Vaters Volk: Das Geschick Nerrantsoulas ist also mit dem meinen verbunden; mir gehört sie.«
Ich fühlte deutlich, daß ich von dieser Stunde an nicht mehr auf die zärtliche Zuneigung meines Freundes rechnen konnte. Fünf Jahre hatte uns gemeinsames Leid geeint, doch diese herzzerreißende Freude konnten wir nicht mehr zusammen genießen, da die Sinnenlust der reinen Freundschaft entgegensteht. Wieder wurde Epaminonda

mein Rivale, wie zur Zeit der Kanalisation, als wir uns am Rande eines Grabens kennengelernt hatten, der für Nerrantsoula so verhängnisvoll geworden war. Und heute vereinigte eine andere Grube – die Gruft der Freudenmädchen von Brăila – uns drei von neuem. Auf wie lange? Auf welche Art? Und wem von uns dreien sollte diese Grube zum Verhängnis werden?
Wir versanken in Nachdenken; jeder versuchte den Abgrund unseres gemeinsamen Schicksals zu ergründen, als ein rohes Klopfen an der Tür uns aufschrecken ließ. Nerrantsoula öffnete. Die scheußliche *ţaţa* tauchte wieder auf. Ihre näselnde Stimme ertönte: »Es ist soweit, meine Herren! Die Taxe, bitte!«
Vor diesem kalten und unerwarteten Appell an die rauhe Wirklichkeit stand unsere Freundin wie versteinert da. Man hätte glauben können, daß ihr dies zum ersten Male geschehe. Wir kramten schnell in unseren Taschen, warfen der *codoşca* ihre geliebte Taxe hin und jagten sie hinaus. Sie ließ die Geldstücke in der Hand klimpern und verschwand.
Schweigend ging der Tag zur Neige. Angstvolles Grauen schnürte uns die Kehlen zu. Eine Stunde lang sprach keiner von uns ein Wort. Nerrantsoula auf ihrem Bett, wir auf unseren Diwanen rauchten eine Zigarette nach der anderen und vermieden, einander anzusehen. Unsere Niedergeschlagenheit war so stark, daß Leu gereizt gähnte und dann zu kläffen begann.
»Mach, daß du fortkommst«, sagte endlich seine Herrin.
Der Hund verstand, sprang mit beiden Vorderpfoten gegen

die Türklinke, wodurch sich die Tür ein wenig öffnete. Er zwängte seine Schnauze in den Spalt und schlüpfte aus dem Zimmer.
Kaum war er verschwunden, als ein Klappern von Krücken vom Korridor her durch die offene Tür zu uns drang. Nerrantsoula zündete die große Petroleumlampe im Kronleuchter an, eilte zur Tür und hielt einen Krüppel in ihren Armen: ein leibhaftiges Gespenst.
Es war ein kleiner junger Mensch, ungefähr in unserem Alter, dürr wie ein Skelett mit pergamentener Haut, eingefallenen Augen – wenngleich schön und träumerisch –, einem Schnurrbart, nicht stärker als seine Augenbrauen, einer durchsichtigen Nase und Lippen, die sich wie zwei verhungerte Blutegel über seinen schönen Zähnen formten. Er lachte, den Hut in der Hand, ein treuherziges Lachen, das mir zu Herzen ging.
»Na also Aurel!« sagte Nerrantsoula liebevoll und führte ihn zu einem Lehnstuhl; »hast du dich fein amüsiert mit deinen Bekannten?«
Schwer atemend, mit einer Spur wehmütigen Bedauerns entgegnete der Krüppel: »Fein? . . . Man amüsiert sich nicht ›fein‹, wenn man wie ich in ›Gesellschaft‹ von Menschen ist, die mit einem nur Mitleid haben . . .«
Während er dies sagte, waren seine Augen erstaunt auf uns gerichtet. Auch wir waren jetzt neugierig, und Nerrantsoula erklärte ihm: »Dies sind zwei Freunde von mir, alte Freunde, die du sicher nicht wiedererkennst; aber du wirst dich an sie erinnern, wenn ich dir sage, daß diese Bärtigen da Marco und Epaminonda sind, jene beiden braven Jungen,

die immer sonntags und donnerstags ins Krankenhaus zu Besuch kamen, als ich mir den Schädel gebrochen hatte.«
Bei diesen Worten wurde das Gesicht des Krüppels ernst und aufrichtig bekümmert.
»Ah! . . . ich erinnere mich . . . Also mir zuliebe, für mich hast du diese beiden verlassen . . . Jetzt aber laßt mich gehen . . . Auf eine derartige Überraschung war ich nicht vorbereitet . . .«
Wir noch viel weniger! . . . Dieser Krüppel . . . seinetwegen hatte Nerrantsoula uns aufgegeben! . . . Und warum?
Unsere Augen, die vor Verlangen glühten, die Wahrheit zu hören, richteten sich auf ihr bewegtes Gesicht. Zum Zeichen ihrer Einwilligung schloß sie langsam die Augen und half Aurel zur Tür, die offenstand, aber in diesem Augenblick in voller Breite von der schrecklichen *ţaţa* ausgefüllt wurde: »Was, bei offener Tür amüsiert ihr euch, Kinderchen?« flötete sie.
»Um was handelt es sich? Die Taxe?« fragte Epaminonda mit Grabesstimme.
»Aber sicher, mein Kleiner! Schon zwei Stunden lasse ich euch in Frieden.«
Nerrantsoula stöhnte auf wie ein zu Tode verwundetes Tier, ließ den Krüppel los, stürzte sich auf den Schub einer Kommode, raffte allerhand Schmuck zusammen und schmiß alles auf einmal der Bordellmutter ins Gesicht: »Da! Stinkende Sau! Erstick' an deiner Taxe! Und jetzt läßt du uns zufrieden bis morgen früh!« . . .
Dann nahm sie wieder Aurels Arm und verschwand mit ihrem Schützling.

Die *ţaţa* erblaßte und lehnte sich gegen die Wand: »Ah! Das ist die Höhe! Niemand hat bis jetzt gewagt, mich stinkende Sau zu schimpfen! Und wenn Sie wüßten, wie gut ich zu diesem Kind war, und wie gut ich noch bin! hne mich wäre sie heute sicher im Rinnstein verreckt . . . Herr, du meine Güte! . . . Ich habe doch wohl das Recht, meine Taxe zu verlangen. Einen Haufen Geld schuldet sie mir, verschwenderisch wie sie ist . . . Gott! Gott! Die Schande!«
Wir suchten die auf dem Boden verstreuten Schmucksachen zusammen und gaben der edlen *codoşca* einen Hundert-Piaster-Schein.
»Jetzt gehen Sie, Madame, und kommen Sie nicht mehr wieder«, sagte ich zu ihr.
»Wa-a-a-as, nicht mehr wiederkommen?« schrie sie. »Sie wollen mir doch nicht etwa für diese lumpigen hundert Piaster mein schönstes Töchterchen abkaufen! Im Salon sitzen noch drei sehr feine Herren, die zu ihr wollen. Sie gehen nur zu ihr. Und das sind Kunden, die für alle den besten Tropfen kommen lassen, nicht wie ihr . . .«
»Aber Madame, wir sind keine Kunden.«
»Was denn? Etwa Herzensfreunde? Was? Das dulde ich nicht in meinem Haus! Das nicht! Und noch gleich zwei! Ausgeschlossen! Daß ich nicht lache! . . . Nun seht doch mal diese Anicuţa! Sie soll mir überhaupt erst mal die viertausend Piaster bezahlen, die sie mir schuldet; nachher ist es dann ihre Sache, wenn sie's umsonst machen will!«
Und die *ţaţa* ging und schlug dröhnend die Tür zu. Wir blieben allein, Epaminonda und ich, und sahen uns verdutzt an: »Viertausend Piaster, more, Marco!«

»Viertausend Piaster, Epaminonda!«
»Arme Anicuța!«
»Geliebte Nerrantsoula!«
»Niemals können wir eine so große Summe bezahlen!«
»Niemals!«
»Trotzdem muß es sein, Marco!«
»Sicher, Epaminonda, es muß sein!«
Zu jener Zeit hatten alle Apfelsinenhändler zusammen keine zweihundert Goldlouis in ihren Taschen. Wir hatten sie noch viel weniger, obgleich jeder von uns zwei Stücke Land besaß, von deren Ertrag wir lebten. Ja, leben konnten wir davon, aber nicht so, daß wir davon noch einer *țața* täglich hundert Francs abgeben konnten, damit sie uns bei unserer Nerrantsoula, ihrer Anicuța, auf die »feine Herren« im Salon warteten, ungestört ließ.
»Ich gehe hier nicht mehr weg!« stieß Epaminonda hervor und tastete nach seinem Messer, das im Gürtel steckte.
Und rasch entschlossen wir uns, jeder sein Stück Land zu verkaufen, Nerrantsoulas Schulden zu bezahlen und sie aus der Grube zu erlösen, um . . .
Aber ebenso rasch forschte jeder in den Gedanken des anderen, was er mit dieser Nerrantsoula zu tun gedächte, wenn sie erlöst wäre.
Arme, große Jugend! Nur du verstehst die unmöglichsten Entscheidungen rasch zu treffen. Nur du schließt bewunderungswürdig die Augen vor der blutenden Wahrheit.
Denn es war klar, daß wir nach Nerrantsoulas Befreiung nicht *zwei Heubündel zwischen drei Esel teilen konnten*, wie das Sprichwort so schön sagt, ebensowenig wie eine eh-

renhafte Frau zwischen zwei anständige Männer. Aber dies stand ja nicht zur Frage, und vorläufig waren wir froh, bei unserer Freundin zu weilen, sie anzusehen und ihr zuzuhören.

»Oh!« seufzte Nerrantsoula, als sie zurückkam, »sicher hat sie auch euch schon erzählt, daß ich ihr viertausend Piaster schulde! Allen erzählt sie das, und alle geben ihr einige Goldstücke, um meine Schulden zu verringern; aber meine Schuld wird trotzdem nicht geringer ... Das kenne ich schon.

Es ist wahr: Sie hat mir einige größere Geldsummen zu einer Zeit geborgt, als ich noch dumm genug war, an die Großmut der Menschen zu glauben ... Vor allem war's gar nicht für mich, sondern für Aurel, den ich damit gesund zu machen hoffte. Ach! ... wie mich das alles quält!

Der arme Aurel, den ihr gesehen habt, war das Opfer eines ähnlichen Unfalls, wie ich ihn hatte. Auch er ist, ungefähr ein Jahr vor mir, in den Kanalisationsgraben gestürzt, und durch eine Quetschung des Rückenmarks sind ihm die Beine gelähmt; außerdem hat er die Schwindsucht geerbt. Doch welch glückliche Natur! ... Niemals Tränen, niemals Klagen, niemals schlechte Laune. Er war der schwerste, ernsteste Fall unserer chirurgischen Abteilung; und trotzdem brachte er das ganze Krankenhaus zum Lachen, jedem erwies er Gefälligkeiten, der ihn darum bat, obwohl er gelähmt war! ... Denen, die den Arm in der Binde trugen, rollte er regelmäßig Zigaretten; denen, die unbeweglich liegen mußten, gab er das Essen, schnaubte ihnen die Nase, kratzte sie, wenn es sie juckte; Schreibunkundigen setzte er Briefe auf, die zu Tränen rührten, wenn es sich darum handelte, einen Verwandten anzupumpen, oder er löste Lachsalven aus, wenn es darum ging, ›diese verdammten Kranken‹ aufzuheitern. Auch brauchte jeder Kranke irgend etwas aus der Kantine, und stets war es Aurel, der Mann ohne Beine, der, mit einer Tasche um den Hals, seine Krücken nahm und die Besorgungen erledigte. Das war zwar verboten, aber wer konnte dem liebenswürdigen Aurel böse sein? Vom Chefarzt bis zum letzten Küchenmädchen liebte ihn alle Welt.

›Au-re-e-e-e-el!‹ rief eine Krankenschwester, ›der Kranke Nr. 7 will nicht Wasser lassen: geh, hilf ihm dabei!‹

Es handelte sich nicht etwa darum, einen Eingriff beim Kranken vorzunehmen. Aurel brauchte nur den Herrn Verwalter bei einem Zornanfall zu imitieren, und das half. Denn der Verwalter des Hospitals war der griesgrämigste und schrulligste Mensch, den es gab. Alles an ihm bewegte sich, alles: die Nase, die Augen, die Ohren, das Kinn, die Lippen, die Schultern, sogar die Haare auf dem Kopf. Sie wackelten je nach der Stärke seiner schlechten Laune, die ihm angeboren war; wenn seine schlechte Laune aber in Wut umschlug, zitterten sie mit unglaublicher Schnelligkeit in einem vollendeten Zusammenspiel. Oft streckte er vor Wut sogar die Zunge heraus. Aurel war der einzige, der den amüsanten Verwalter nachzuahmen verstand, den ›Vater der Kranken‹, der ewig unzufrieden mit seinem Dienst war, dabei aber ein grundanständiger Kerl. Und wenn sich

Aurel gar einmal entschloß, unsern Spitalsleiter zu imitieren, dann versammelten sich alle Assistenzärzte und Krankenschwestern um ihn und bogen sich vor Lachen, und am Ende sagten sie: ›Ich hab mir die Hosen naßgemacht! Ehrlich!‹

Aurel erwies uns auch Dienste, die kein anderer erweisen konnte. Man weiß, daß das Essen in den Krankenhäusern unzureichend ist, hauptsächlich für die Kranken, die nur Knochenbrüche haben. Aurel, der unter dem Gelächter der Köche allein fast die Hälfte der Gemüse für das Krankenhaus putzte, brachte uns mit einem Augenzwinkern alles, was wir wollten, um unseren Hunger zu stillen; da er sich in der Küche wie zu Hause fühlte, reservierte er sich frech all die Leckereien, die sonst das Personal auf Rechnung des Krankenhauses verschwinden läßt und den Kranken entzieht. Er verteilte sie ohne Bevorzugung und vermied es, jemanden neidisch zu machen. Er war gerecht und dachte an alle Unglücklichen; zum Beweis folgender Fall: Eines Abends brachte man einen armen Bauern, der anscheinend im Sterben lag, mit seinem Bett in das Sterbezimmer. Er war ohne Besinnung. Man stellte ein Nachtlämpchen ans Kopfende, legte ein Kreuz auf seine Brust und überließ ihn der Gnade des Herrn, weitab von den anderen Kranken, um sie nicht mit seinem Todeskampf zu ängstigen.

›Der stirbt heute nacht‹, erklärte unser Wärter.

Aurel war nicht vollkommen überzeugt davon und besuchte in der Nacht den Aufgegebenen.

Welche Überraschung: Der Tote war wieder aufgewacht;

und seine ersten Worte waren die Bitte um ein bißchen Sauerkraut.
›Ich geb' mein Leben dafür!‹ soll er gesagt haben. Kaum hatte er diesen Wunsch vor unserem Freunde geäußert, als dieser einen vollen Teller anbringt, ihn füttert und, ohne daß jemand merkt, was eigentlich los ist, wieder zu Bett geht.
Aber, wie es so ist: Diese Geschichte hatte eine traurige und eine heitere Seite, denn als frühmorgens der Krankenwärter seinen Toten zur Leichenhalle schaffen wollte, lief er ihm beim Öffnen der Tür in die Arme: ›Noch ein bißchen Sauerkraut, mein Herr!‹ rief der Tote.
Der Krankenwärter machte auf der Stelle kehrt, raste durchs Hospital, durch den Hof, heulte vor Entsetzen und machte erst in seiner Wohnung halt; seinen Dienst wollte er unter keiner Bedingung wieder aufnehmen. Seit jener Zeit ist der Mann in Schwermut verfallen und nur noch eine Last für seine Umgebung; der Bauer dagegen, den er der Anatomie ausliefern wollte, ist recht munter und vertilgt sein Sauerkraut, wenn er Lust darauf hat.
Diesem Zwischenfall folgte kurz darauf ein ungewöhnliches Abenteuer, das Aurel berühmt machte. Im Hospital war auch eine Abteilung für Irrsinnige; und eines Tages wurde einer der Insassen tobsüchtig. Man beschloß, ihn in ein anderes Heim zu überführen, aber die beiden Wärter, die ihn fesseln sollten, wagten sich nicht an den Unglücklichen heran, der mit einer Eisenstange, die er aus der Fensteröffnung gebrochen hatte, ›alle Drachen töten‹ wollte. Unvermutet erschien Aurel in der Tür und zeigte dem

Irren eine lange goldene Schnur, die er immer bei sich trug. Vor diesem jämmerlichen, in seinen Krücken hängenden Krüppel hielt der Irre erstaunt inne und ließ die Eisenstange fallen.
›Willst du vielleicht dieses Armband haben, mein Freund?‹ fragte Aurel und drehte die glänzende Schnur in seiner Hand.
›Ein Armband?‹ heulte der Irre, ›sicher will ich ein Armband, aber diese Drachen da wollen mich verschlingen!‹
›Sie werden dich nicht mehr zerreißen, wenn du das goldene Armband umhast! Gib deine Handgelenke!‹
Friedlich näherte sich ihm der Irre mit vorgestreckten Armen. Sanft legte ihm Aurel kräftige Handschellen an und sagte: ›Jetzt rücken wir vor den Drachen aus. Komm mit. Mein Wagen steht draußen. Komm schnell.‹
Nach diesem erstaunlich kaltblütigen Streich fragte ich Aurel: ›Und wenn der Irre dich mit seiner Eisenstange totgeschlagen hätte?‹
›Damit hätte er mir vielleicht einen großen Dienst erwiesen‹, entgegnete mir der bedauernswerte Junge.
Diese Antwort tat mir in der Seele weh. Verstand ich es doch, daß es in seinem Innern nicht so heiter aussah, wie es den Anschein hatte. Und seit dieser Zeit liebte ich Aurel wie einen Bruder und schloß mich ihm an. Wir öffneten einander unsere Herzen und erzählten uns von unserer Kindheit. Auch seine Kindheit war grau und ebenso freudlos wie die meine. Wie ich hatte er weder Eltern noch sonst jemanden auf der Welt, der ihn aufrichtig liebte.
›Mein ganzes Leben werde ich künftig in diesem oder ei-

nem anderen Hospital zubringen!‹ rief er eines Tages aus. Oh! Wie haben wir zusammen im geheimen geweint, und wie schrecklich war uns der Gedanke, daß wir uns bald trennen müßten!

Und so verabredeten wir, das Hospital eines Nachts zu verlassen und in ›die Welt zu fliehen‹.

›Ich gehe betteln ... Wir werden nicht verhungern‹, sagte er.

›Und ich habe einige Ersparnisse und kann jede Arbeit machen‹, fügte ich hinzu.

›Wir werden wie Bruder und Schwester leben, nicht wahr, Schwesterlein?‹

›Ja, Aurel.‹

Er nannte mich Schwesterlein, und noch heute nennt er mich so, denn weder im Hospital noch sonst irgendwo in Brăila hat jemals einer erfahren, wer ich bin, da ich auch jetzt noch keine Papiere habe.

Und als eines Abends alle Lichter gelöscht waren, glitten wir wie zwei Schatten an der Mauer entlang, schlüpften durch eine Spalte des alten Zaunes, der die Rückwand des Hospitals umschließt, und entkamen unbemerkt.

Betrübt floh ich vor euch, obgleich ich überzeugt war, daß Aurels Liebe viel tiefer und reiner war als eure, eine viel brüderlichere Liebe, die nichts von der Frau verlangt; und ebenso rein ist sie bis heute geblieben. Ihr wart stets heftig und immer bereit, euch meinetwegen gegenseitig zu töten. Zwischen euch beiden zu wählen, wäre schwer gewesen. So habe ich mich an Aurel gehalten, ein Kindergemüt, einen schutzlosen Krüppel, und zu lebenslänglichem Aufenthalt im Hospital verdammt. Und in dem Glauben, euch einen Dienst zu erweisen und ein unmögliches Zusammenleben zu beenden, tauchte ich mit Aurel ›in der großen Welt‹ unter.

Die große Welt... Sie meinte es gut mit mir, warum es leugnen? Oder man könnte auch sagen, sie verfuhr mit mir, wie sie nun einmal ist, wie sie mit uns Menschen verfahren muß, da schließlich doch alles von unseren Ansprüchen ans Leben abhängt. Und Gott weiß, welche Lebensgier mich damals verzehrte. Man muß auch bedenken, daß es Gelegenheiten genug gab und daß sie meinen Wünschen entgegenkamen.

Es war in Galaţi, meiner Geburtsstadt, wo wir Zuflucht gefunden hatten. Eine Freundin meiner Mutter, die Schneiderin war, nahm uns auf und schlug mir vor, ihr zu helfen und so mein Brot zu verdienen. Sie lebte allein, war ein bißchen geizig, oft traurig, aber alles in allem eine gute Seele. Aurel wurde ihr fröhlicher Domino-Partner. Leu, den ich mitgebracht hatte, belustigte sie sehr. Und wir drei trugen einige Zeit dazu bei, etwas Freude in das Leben dieser versauerten alten Jungfer zu bringen.

Aber wie schwer ist es, einen Freund aufheitern zu wollen, der sich um jeden Dreck grämt. Ob man arm oder reich ist, nichts macht lebensüberdrüssiger als einer, der sofort zusammenbricht, wenn man ihn nur einen Augenblick aus den Augen läßt.

Und als wir ein Jahr bei Mademoiselle Caterina gelebt hatten, sagte mir der gute Aurel, der wirklich erfindungsreich ist, wenn es gilt, jemanden zu zerstreuen: ›Im Hospital blei-

ben die Kranken wenigstens im Bett. Um die Menschen außerhalb des Hospitals aber muß man sich dauernd kümmern. Das ist keine sehr erfreuliche Beschäftigung.‹
Am Ende des zweiten Jahres leitete ich das kleine Atelier von Mademoiselle Caterina selbständig, und sie lief nun in der Wohnung umher und jammerte in allen Tonarten. Ihre Achs und Ohs fingen an, uns unerträglich zu werden; Aurel verlor seine gute Laune. Beide waren wir schon über siebzehn Jahre alt, und mein tapferer Freund kämpfte verzweifelt, um sich eine auskömmliche Stellung zu schaffen. Er erreichte es mit Zeichnen und Malen, seiner alten Leidenschaft. Er machte Bleistift- und Aquarellskizzen. Seine Arbeiten fanden Käufer: ›Aus Mitleid für einen Krüppel!‹ spottete er. ›Ebensogut könnte ich ihnen Stiefelwichse, Schnürsenkel oder Hampelmänner feilbieten . . .‹
Ich kannte niemand in Galaţi, da ich es als kaum sechsjähriges Kind mit meiner Mutter verlassen hatte; aber Aurel, klug, liebevoll und begabt, gelang es schnell, sich beliebt zu machen, und angesehene Leute der Stadt machten ihm Hoffnungen. Wir träumten schon davon, unsere jämmerliche Trauergestalt zu verlassen, um uns anderswo ganz allein einen Weg zu bahnen, als unerwartet ein Freudentaumel über Mademoiselle Caterinas Haus hereinbrach und uns alle durcheinanderwarf.
Dieser Taumel, das war die ›Welt‹! Die Welt von ihrer schönen und häßlichen Seite, die Welt mit Gut und Böse, die Welt, wie sie nun einmal ist.
Sie erschien eines Tages in der Gestalt einer reichen und ›gut empfohlenen Kundin‹, einer eleganten Dame von un-

bestimmtem Alter, mit Schmuck behängt und freigebig, daß man weinen konnte. In der Zeit, die man braucht, um einen Sorbet zu trinken, bestellte sie vier Kleider, ohne zu handeln und zahlte alles im voraus, obgleich wir nicht einmal die übliche Anzahlung verlangt hatten, aber ...
›Wer ist dieses schöne Kind?‹ fragte sie Mademoiselle und zeigte auf mich.
›Ah! gnädige Frau! Eine Nichte von mir, eine Waise ...‹
›Wie heißt sie?‹
›Anicuţa.‹
Mademoiselle Caterina gab mich für ihre Nichte aus und log damit wissentlich, aber bei dem Namen Anicuţa wurde ihr Gedächtnis das Opfer einer spaßigen Verwechslung; denn als ich mich ihr nach zehnjähriger Abwesenheit nur durch den Namen meiner Mutter ins Gedächtnis zurückrief, schlug sie sich besinnend an die Stirn und rief verwundert aus: ›Ach du lieber Gott! Du bist es! *Anicuţa!*‹
Ich unterdrückte mein Lachen, war mit diesem neuen Spitznamen zufrieden und ließ mich so rufen.
›Schön, Mademoiselle Anicuţa,‹ fuhr die freigiebige Kundin fort, ›wenn Ihnen meine Kleider gut gelingen, werde ich mich Ihnen dankbar zeigen.‹
Dann wandte sie sich Aurel und seinen Zeichnungen zu: ›Welch schönes Talent hat dieser junge Mann!‹ rief sie aus. ›Ist das auch ein Verwandter von Ihnen, Mademoiselle Katti?‹
›Ja-a-a, gnädige Frau, der Arme: auch ein Neffe, ebenfalls Waise, um von seinem Gebrechen zu schweigen.‹
›Ist es unheilbar?‹

›Leider!‹
›Das weiß man niemals sicher . . . Man müßte es mit den bedeutendsten Ärzten in Bukarest versuchen.‹
Die gute Dame wählte nachlässig einige Skizzen und Ölbilder und bot Aurel eine Summe, deren Höhe mich einige Minuten schief und krumm nähen ließ.
›Welche Güte! . . . Welche Güte!‹ flötete Mademoiselle Caterina, als diese erstaunliche Frau gegangen war. Das, Kinder, das kann euer Glück werden. Euch verdanke ich dieses Wunder, denn mir ist noch niemals im Leben ein solches Glück in den Schoß gefallen! . . . Und ich habe das bestimmte Gefühl, daß diese Madame Pavlic unser Leben ändern wird!‹
›Hoffen wir, daß es zum Guten ist, Tante!‹ rief Aurel und schloß sie in seine Arme. Vielleicht enden wir all in einer schönen Ehe und tanzen die *chindie*!‹
›Meiner Treu, das würde mir schon gefallen: Ich könnte noch einen Mann glücklich machen, und dafür würde ich sogar meinen alten Stolz bezwingen!‹

Ahnungslose Mademoiselle Caterina! Später noch dachte ich an ihre Worte, als unser Bankrott zur Tatsache geworden war . . . Nicht ungestraft ist man im Leben stolz; und keinen kann man glücklich machen, wenn man *nichts mehr zu verschenken hat*: Eine Feige, die sich stolz im Wipfel des Baumes wiegt, wo keine Hand sie pflücken, wo kein Mund sie essen kann, wenn sie reif ist, trocknet, verdorrt, schaut sich den Himmel an und stirbt.
Schenken und abermals schenken ist das große Glück des

Daseins! Zur richtigen Zeit schenken, alles zu seiner Zeit. Lachen schenken und Tränen schenken ... Schenkt eure Begeisterung, schenkt euern Kummer ... Ergreift im Fluge den Strahl von Freude, der vorbeihuscht, zeigt eure schönen Zähne beim Lachen, wenn feuchte Augen darum betteln, und dann, dann weint, weint hemmungslos, aus vollem Herzen, satt vor Freude! Weint eure Zeit ... Dann aber lacht.«

Plötzlich hielt Nerrantsoula inne und starrte Epaminonda an. Auch ich gewahrte, daß sein Blick etwas Irres hatte, und daß er seine Zähne knirschend aufeinanderpreßte.
Es war spät geworden ... Das ganze Haus lag im Schlaf, und die Stille ließ mich erschauern.
»Weiter, Freundin!« drängte ich.
»Nein!« antwortete sie weich, »Epaminondas Aussehen ängstigt mich!«
Der zeigte ein Lächeln, das auch mir Angst einflößte.
»Es ist gar nichts ... more Nerrantsaki ... Komm, erzähl bis zum Schluß!«
»Es gibt keinen Schluß!« flüsterte sie. »Was jetzt folgt, ist kurz und dumm, wie die Geschichte aller Mädchen.
Madame Pavlic kam mit zwei Herren wieder, die sich darauf verstanden, jungen wie alten Mädchen die Köpfe zu verdrehen. Es war vielleicht nicht alles Betrug, denn wir haben sie leiden sehen, diese schönen Entführer, und ihr Geld vergeuden, was man nicht tut, wenn man durch und durch falsch ist.
Es wurde eine für mich vollständig unbegreifliche Ver-

wicklung. Ich mochte die zwei Herren nicht, Mademoiselle Caterina liebte sie beide, und Madame Pavlic liebte uns alle. Aurel konnte Zeichnungen und Aquarelle anfertigen, soviel er wollte, stets war man bereit, sie ihm abzukaufen. Und dann fuhren wir alle, Leu einbegriffen, nach Bukarest, wo jene Menschen sich dafür einsetzten, Aurel gesund zu machen. In der Tat wurde er in einer Klinik aufgenommen. Drei Monate lang drehte man ihn von rechts nach links, um ihn zum Schluß ohne andere Besserung ziehen zu lassen als mit zwei neuen Krücken an Stelle der alten.

Währenddessen versprach man uns, die wir nicht im Hospital waren, das Blaue vom Himmel herunter. Man zeigte uns alles, man ging überall hin; von allem ließ man uns kosten. Ich wollte den Betrug nicht sehen, der mir nach und nach klar wurde; mit beiden Händen trank ich den Freudenbecher, der sich mir bot, und mit geschlossenen Augen dachte ich: So wenigstens lerne ich alles kennen, beneide dann keinen und werde nie so häßlich und trübsinnig wie Mademoiselle Caterina.

Mademoiselle Caterina dagegen schloß ihre Augen nie; im Gegenteil, unnötig weit riß sie sie auf, um einen von den beiden Leichtfüßen als Mann zu ergattern, rechnete, spekulierte, zierte sich, um sich zum Schluß allein in einem Hotelzimmer zu finden.

Und ich, ich hab es immer toller getrieben, denn zwischen der Schneiderei und meinem jetzigen Leben stand niemand, der mich zu einer anständigen Arbeit ermuntert noch mich angehalten hätte, meine Näharbeit wieder aufzunehmen.

Auch jetzt tu ich, was mir gefällt, und nichts, was mir mißfällt. Man schenkt mir noch immer, und ich schenke mich, als finge ich gerade erst an zu schenken.
So wird es bleiben, bis ich mich ganz verschenkt habe, mich und mein Leben dazu!«

Die einfallende sommerliche Morgendämmerung, die anfing, die Scheiben zu erhellen, zeigte uns Epaminondas geisterhaft blasses Gesicht. Seine ausgetrockneten Lippen waren halb geöffnet; seine Augen sowie der unbewegliche Körper schienen ohne Leben. Sogar Bart und Schopf, sonst voll Glanz, hatten etwas Stumpfes. Die Nase schien spitzer geworden.
Nerrantsoula fiel ihm um den Hals und umarmte ihn: »Na was denn ... Freund ... Laß uns das alles vergessen! ... Draußen ist es schon Tag. Jetzt wird ein bißchen geschlafen; ihr auf den Diwanen und ich mit Leu, meinem Freund aus der Kinderzeit, im Bett; auf den werdet ihr doch nicht eifersüchtig sein! Und dann werde ich euch natürlich zuhören, und ihr müßt mir eure Freuden und Leiden schildern! Recht so?«
Von unserer Freundin gerüttelt, zitterte Epaminonda, reglos wie eine Drahtpuppe, die starr und steif auf ihrem Platze sitzt. Sie achtete nicht darauf und verschwendete an mich dieselben Zärtlichkeiten.
Lustig hob sie ihre Röcke, sprang zwischen den beiden Diwanen hin und her und verteilte ihre Küsse bei jedem Sprung zwischen uns:

»Nerrantsoula foundoti!
Nerrantsoula foundoti!«

Aber beim viertenmal, als sie Epaminonda eben den Rükken kehrte, um auf meinen Diwan zu springen, gellte ein grausiger Schrei durch das Haus, und ich hatte gerade noch Zeit, unsere schöne Nerrantsoula in meinen Armen aufzufangen. Der Mann, der ihr Schicksal war, der arme Epaminonda, hatte sie mit einem Dolch durchbohrt.

Dritter Teil

Wieder vergingen acht Jahre ... Acht schicksalsschwere Jahre ...
Und wie gerne würde auch ich nun ein wenig klagen! ... Klagen, klagen und jammern. Und gestehen, was ich bin: ein unglücklicher, armer Mensch, belastet von einem Reichtum, nach dem keiner verlangt.
Unerschöpflicher, erdrückender Schatz. Ungehobenes Gold der Liebe, das nach der kräftigen Hacke des Bergmanns schmachtet. Der aber zögert, es zu heben, zögert, es ans Sonnenlicht zu bringen und zu strahlendem Leben zu erwecken.
Oh, ihr erbärmlichen Spießer! Mollusken seid ihr, die ihr nichts anderes im Sinn habt, als euch euer faulendes Glück schmecken zu lassen; ihr, die ihr nichts wißt von der Unendlichkeit des Ozeans, nichts von der Größe des Lebens. Die Sonne versengt euch nicht, und der Sturm kann euch nicht brechen ... Wenn Gott euch Herz und Hirn gab, so geschah es wohl, um darzutun, daß beides nichts zu bedeuten hat, oder gar nur, um euch neben dem Balsam seiner strahlenden Güte die ätzende Schärfe seiner Ironie fühlen zu lassen.
Mollusken! Klägliche Menschlein! Wenn ein Nichts euch streift, so werdet ihr noch nichtiger, als ihr schon seid. Alles erfüllt euch mit Furcht, Freud wie Leid ... Keiner eurer Freudenschreie wird im Weltenraum gehört ... Kein Ge-

brüll, das im Abgrund widerhallte ... Ohne Gesicht und so blind, daß ihr euch nicht zu erkennen vermögt, seid glücklich, Mollusken. Ich frage mich, ob eure Vorsicht ein Gebrechen des Herzens oder ein Riß im Gehirn ist. Wie armselig seid ihr, ihr Menschlein!

Zwei Jahre nach dem Drama in der Grube bestattete ich hier, in Alexandrien, in Ägypten, die traurigen Überreste eines Menschen, in dem das beste Freundesherz geschlagen hatte, den verkrüppelten Leib Aurels, des Künstlers, der unerkannt dahinging.

Denn der Dolchstoß, der Nerrantsoula durchbohrt hatte, traf eigentlich Aurels Herz. Er wurde gefällt, um nie mehr aufzustehen.

Sie schwebte zwar zwischen Leben und Tod, doch das Leben gewann die Oberhand; sie vergaß das Grausige und nahm vor Epaminondas Richtern, die an ihr Krankenlager kamen, alle Schuld auf sich.

»Ich war es, die ihn bis aufs Blut quälte; fragt Marco! Nicht ungestraft erzählt man seine Liebesabenteuer denen, die einen anbeten, und niemals sollte man zwei Liebhaber zu gleicher Zeit küssen. Aber was wollen Sie! Wenn ich so vernünftig wäre, wäre ich nicht ich selbst! Und nur so wie ich bin, ist mir wohl ... um so schlimmer für mich!«

Noch mehr staunte man, als Epaminonda – den man in Fesseln ins Hospital gebracht hatte – ihr gegenübergestellt wurde: sie küßte die gefesselten Hände des Mannes, der sie hatte töten wollen, und sagte in Gegenwart des Gerichts:

»Verzeih mir ... Ich ahnte nicht, daß du mich so sehr liebtest!«
Aber der Unglückliche hatte es kaum nötig, durch das Opfer seiner Untat entlastet zu werden: Die Ärzte erklärten ihn für unzurechnungsfähig. Und man sah, daß sie recht hatten ... Stumm und gefühllos war Epaminonda bis zum Augenblick der Gegenüberstellung; aber als er die wahnsinnige Entschuldigung der Frau hörte, die er so hemmungslos liebte, brach er in Tränen aus, stürzte an ihrem Bett in die Knie und stieß jene kurze Wehklage hervor, die er nunmehr bis zum Ende seiner Tage murmeln sollte: »Aman, bre! Aman, bre! Aman, bre!«
Epaminonda konnte noch weinen.
Aurel aber hatte keine Tränen mehr; er gehörte zu den Menschen, denen der Kummer das Herz überflutet, es welken und absterben läßt.
Ich fühlte es. Und ich folgte einem Wunsche Nerrantsoulas und gleichzeitig meinem eigenen Herzen.
Am Tage, da ich die Erlaubnis bekam, sie im Hospital zu besuchen, war ihr erster Gedanke der Krüppel: »Sei lieb mit Aurel, Marco ... Sei ihm ein Bruder, Freund ... Er steht allein in der Welt ... Tu noch mehr für ihn als damals für Mutter Ileana ...«
Ergreifende Wiederholung einer hochherzigen Bitte, die sie schon vor fünf Jahren an mich gerichtet hatte!
Als Nerrantsoula damals in den Graben gestürzt war, ließ sie mich rufen, und mit verlöschender Stimme bat sie mich: »Marco ... Ganz hinten auf dem Hof des Hauses Nummer drei der Judengasse liegt eine alte, ganz verlas-

sene arme Frau im Sterben: Mutter Ileana. Die Hausbewohner tun für sie, was sie können, geben ihr auch manchmal zu essen, aber Mutter Ileana leidet an einer seltsamen Krankheit; sie muß viel essen und andauernd trinken ... zwei Eimer Wasser trinkt sie am Tag. Geh hin zu ihr. Marco, gib ihr zu essen, und hauptsächlich bring ihr zu trinken ... Was mit mir wird, weiß ich nicht, aber wenn du mich liebst, vergiß Mutter Ileana nicht!«

Gewissenhaft tat ich, worum sie mich gebeten hatte, aber ach! die Wassersüchtige starb, während Nerrantsoula, ihr guter Geist, noch im Hospital lag.

Und jetzt erbat sie mit denselben brennenden Fieberlippen für Aurel Hilfe und Unterstützung.

Ich gewährte sie ihm gern; mehr noch schenkten wir einander als brüderliche Liebe: Wie *ein* Wesen fühlten wir uns, vereint fürs Leben, Aurel und ich. Für ein Leben, das abseits lag vom Wege Nerrantsoulas so wie auch von dem Epaminondas; mußten diese beiden nicht von nun an den Weg fortsetzen, den ein blutiger Dolch ihnen vorgezeichnet hatte? Epaminonda hatte das Spiel gewonnen, indem er seinen Verstand verlor, und Nerrantsoula, ganz Frau, ergriff den Arm des Leidenschaftlichsten. Sie ergriff ihn und küßte die Hand, die sie verwundet hatte.

Wir begriffen und entfernten uns ... Ich führte Aurel nach Ägypten, auf daß er dort gesund werde, auf daß wir beide dort gesund würden; und ich hoffte dadurch vier Seelen zu retten.

Es sollte mir nicht gelingen.

Seitdem ich in der Welt umherreise, habe ich oft die Behauptung gehört, daß für den hochstehenden Mann die Frau ein Fluch sei und daß nur zwei einander liebende Männer im innigsten Zusammenleben wahres Glück verwirklichen könnten; nur sie allein könnten eine auserwählte Menschheit schaffen. So war also der Schöpfer alles Irdischen ein Tor? Die fleischliche Liebe der Frau, die alle unsere Sinne beglückt, wäre nur eine Verirrung?
Aber es lebt vielleicht noch in der heruntergekommensten Form der Liebe zwischen Männern der uns allen eigene Wunsch, Harmonie herzustellen zwischen der verheerenden Lust des Fleisches und der erhabenen geistigen Freundschaft. Diese wächst mit ihrer Beständigkeit und durch lange Dauer, und für sie ist Untreue ein Widersinn. Je größer der Kreis der Menschen, die sie umfaßt, desto besser.
Die Sinnenliebe dagegen ist egoistisch und duldet keinen Dritten, ermüdet bei allzureichlicher gleicher Kost, um dann zu erkalten.
Wie kann Friede geschlossen werden zwischen Mann und Frau? Wie ist unser vollständiges Glück zu schaffen? Eines ist jedenfalls sicher: Das Ideal höchster Freundschaft wäre nur dann zu erreichen, wenn Mann und Frau gleichzeitig Freunde und Liebende sein und bleiben könnten. Ich spreche von Wesen, die in den Krallen des Dämons Sinnlichkeit gefangen sind.
Ich selbst habe diese höchste Freundschaftsliebe nur für kurze Augenblicke erlebt, doch dann war sie herrlich wie ein Fiebertraum.

Schuld daran trägt der Dämon Sinnlichkeit, der nichts anderes ist als eine außergewöhnliche Fähigkeit, heftig und andauernd zu lieben, der aber durch ein unbezähmbares Verlangen, durch einen zügellosen Wunsch nach dem Unbekannten, dem ewig Unbekannten sündigt.

Mit einem Wort: dieses Ideal, Freundschaft mit Sinnlichkeit zu einer beglückenden Einheit zu verschmelzen, ist ein Ziel, das letzten Endes keiner erreichen kann, ohne seine brennendsten Leidenschaften zu opfern.

Doch dies alles habe ich erst viel später begriffen.

Aurel liebte die Frau wie ich und wie jeder andere, der in seiner Jugend nicht geschlagen wurde noch in einer Kaschemme zur Welt kam, aber er war vor allem ein leidenschaftlicher, hingebungsvoller Freund: Seiner Freundesliebe zu Nerrantsoula hatte er sofort den Liebhaber in sich geopfert. Und gerade dieses Opfer, das er bis zu unserem Erscheinen freudig auf sich genommen hatte, trug dazu bei, ihn nach der blutigen Tat Epaminondas zu Boden zu werfen: »Niemals habe ich darunter gelitten«, sagte er mir, »Anicuţa ihr Leben so gestalten zu sehen, wie es ihr gefiel. Aber ich wäre bei der Vorstellung gestorben, daß ein Mann sie gewaltsam für sich allein hätte beanspruchen, daß er sie uns vollkommen hätte entreißen und sie sich ganz und gar ihm hätte hingeben können. Nun sehe ich, daß selbst die beste aller Frauen leichter durch rohe Gewalt zu bezwingen ist als durch Zärtlichkeit.«

Im Grunde traf der gute Aurel mit seinen Worten nicht ganz das Richtige; wenn es auch Epaminonda tatsächlich gelungen war, uns Nerrantsoula vollkommen zu entreißen, so hatte ihn sein Sieg zerstört, und in Wahrheit entglitt ihm Nerrantsoula völlig.

Ägypten und Alexandrien, die Märchenträume unserer Kindheit, erschienen mit ihren unvergleichlichen Landschaftsbildern vor unseren von Kummer getrübten Augen, peitschten noch einmal die sterbenden Lebensgeister Aurels auf und entfachten Flammen in ihm, die ihn mit Windeseile seinem Grab entgegenführten. Doch er erlebte wenigstens noch diesen lebendigen Traum und quälte sich nicht in endloser Agonie. Es war mehr als ein Traum; denn auf dem Boden Ägyptens lernten wir beide zum ersten Mal die einzigartige Wonne kennen, deren freigebige Spenderin die Frau ist.

Gesegnet seist du Namenlose, die du dich für ein Nichts zu schenken bereit bist; für ein freies Lachen, das dir gefiel; für ein lustiges Wort, das dir zu Herzen ging; für einen brennenden Blick, der dir die Augen sengte! ... Seid gesegnet, ihr Straßenmädchen von Alexandrien und Kairo, Liebesgöttinnen ohne Falsch, die ihr die Gebrechen eines jungen Mannes vergessen konntet, dem eine der eurigen das Herz gebrochen hatte, und die ihr ihn mit einer hellen Freude tränktet, die er niemals zu erleben hoffte! ... Seid glücklich, ihr Frauen, die ihr nichts verlangt und euch ohne Unterlaß schenkt. Der Herrgott möge euch die Tore des Paradieses auftun, im anderen Leben, und euch freundlich einen Platz zu seiner Rechten einräumen, denn nichts kenne ich, was euch an Großmut gleichkommt!

Ich hatte kein Geld, um für Aurel einen Wagen zu bezahlen, meinen entflammten Aurel, der mit bejammernswerter Schnelligkeit auf seinen Krücken vorwärtsdrängte, den Palmen entgegen, den Dünen der unendlichen Wüste, den Umrissen der Minarette, den so sympathisch neugierigen Menschen und Tieren; ich hatte aber zwei gesunde Beine, stämmige Schultern und das Herz eines Freundes: Das genügte, um Aurel wie ein Kind hochzuheben und auf meine starken Freundesschultern zu setzen; er hingegen brachte das Wunder fertig, mich die Schwere des Unglücks vergessen zu machen, das uns beide zu Boden geschmettert hatte. Und so, mit weitgeöffneten Augen, vorgestrecktem Halse und einem lauten Lachen, das die Tränen erstickte, vergaßen wir Brăila und lebten mit Ägypten.
Niemals wohl hat ein gesunder Mensch die Schönheiten einer bezaubernden Natur und den Reiz des Vagabundenlebens besser ausgekostet und tiefer gefühlt als Aurel, der Gelähmte und Schwindsüchtige. Keiner verstand es wie er, die Freigebigkeit eines besiegten und gastfreien Volkes zu würdigen, keiner hätte offener und freimütiger seiner Empörung über dessen Unterdrücker Worte verliehen. Niemals wurde von jemandem Barmherzigkeit reichlicher geübt als von Aurel an denen, die er für unglücklicher hielt als sich selbst; er teilte sein letztes Stück Brot mit ihnen.
»Ah! die verdammte Zivilisation!« rief er oft aus. »Jetzt sehe ich erst, wie sie ist. Besser wäre es gewesen, wenn die Menschen Wilde geblieben wären.«
Dieser »Wilde«, der Fellache, der so elend ist, daß sich einem das Herz bei seinem Anblick zusammenkrampft, ver-

birgt in seiner Brust das einzige Unterpfand der Zivilisation, nämlich *Güte*. Er bewies sie uns, nahm uns in seiner Lehmhütte auf und bot uns an, was er hatte: seine Bohnen, die arabische Armenkost. Er tat es, obwohl wir Angehörige einer Zivilisation waren, die ihn erwürgt, einer Zivilisation, die Menschen an den Bettelstab bringt und dann an die Türen ihrer prächtigen Häuser die Warnung anschlägt: »Hausieren und Betteln verboten.«

Während zweier Jahre Vagabundenlebens zogen wir, Aurel auf meinen Schultern, von Alexandrien nach Kairo und nach Minieh in Oberägypten; dort bestiegen wir eine *dahabieh* und glitten den Fluß hinab, nach Alexandrien zurück. Wohl war diese Reise viel zu beschwerlich für einen Schwindsüchtigen und dürfte das Leben Aurels verkürzt haben, aber ich weiß, daß er ohne Reue starb. Wir lebten plan- und ziellos in den Tag hinein, aber wir lebten! Wenn wir abends unsere üblichen zehn Kilometer hinter uns hatten, setzte ich Aurel in den Schatten einer Palme, wo er sich die Zeit mit Träumen und Zeichnen vertrieb; ich aber ging zum Nil, um zu baden, unsere Wäsche zu waschen oder zu fischen.

»Ertrink mir nicht!« schrie er mir zu; »ich könnte dir nicht nachspringen!«

Denn tatsächlich, einmal am Boden, konnte er sich nicht mehr erheben.

Unser ganzes Gepäck bestand aus zwei Decken, zwei Hemden zum Wechseln und Aurels Zeichengerät. Freund und Ausrüstung zusammen wogen kaum fünfundvierzig Kilo auf meinen Schultern. Der rumänische Soldat schleppt

während der großen Manöver ein Kilo mehr und muß dabei Freund und Freundschaft entbehren.
Geld hatte ich immer für eine Woche bei mir, aber niemals vergriff sich jemand an unserer Habe. Jeden Sonntag erwartete uns irgendwo Post mit neuer Ration und Nachrichten.
Wir verbrauchten fast nichts, außer in den Städten. Auf dem Lande drängten uns die Fellachen Unterkunft und Nahrung auf: Aurel belohnte ihre Freundlichkeit mit Zeichnungen, die ihr eigenes Leben darstellten: Landschaften, Tiere, Genrebilder und Portraits.
Wieviele Zeichnungen wurden auf dem langen Wege verschenkt! Welch schönes Werk für immer verloren!
»Wieso verloren?« widersprach Aurel, als ich ihm dies eines Tages sagte. »Diese armen Teufel sind über meine Skizzen viel glücklicher als die Leute bei uns, die sie mir nur aus verächtlichem Mitleid abkauften. Der Wert eines Kunstwerkes liegt in der Freude, die es erweckt, und nicht in dem Preis, den es erzielt.«
In Alexandrien, wo Aurel bessere Nachrichten von Anicuţa vorzufinden gehofft hatte, ersah er aus einem Brief, daß sie seit drei Monaten aus Brăila verschwunden war, samt Epaminonda, der den Verstand verloren hatte.
Diese Nachricht wirkte niederschmetternd auf ihn. Er schloß sich ein, versenkte sich in die Betrachtung von Nerrantsoulas Bildern, wurde tiefsinnig, und an einem trüben regnerischen Abend hauchte er nach einem schrecklichen Blutsturz sein Leben aus.
Ich war der einzige, der seinem Sarg folgte.

»Und jetzt, Marco, stehst du allein auf der Welt!«
Dies sagte ich mir, als ich vom orthodoxen Friedhof zurückkam, wohin ich einen Menschen zur letzten Ruhe geleitet hatte; einen Menschen und Künstler.
Einen Menschen und Künstler? Begegnet man oft im Leben solchen Kreaturen?
Es ist so schwer, gut und anständig zu bleiben inmitten einer Welt, in der alles bestechlich ist. Das sage ich ohne Haß. Ich weiß, daß keiner über seinen eigenen Schatten springen kann.
Was aber ist ein Künstler?
Ein vom Zufall Bevorzugter, der mit der Fähigkeit geboren wird, seine Gefühle zu äußern, wie das Rotkehlchen, das aus dem Nest schlüpft, um in den Zweigen des Baumes sein Lied zu singen. Ich sehe darin kein Verdienst. Ein Verdienst ist es, mit ungeübten Händen ein paar Schuhe zu machen, so gut, wie ein gelernter Schuster sie nach dreißigjähriger Tätigkeit anfertigt.
Nein; alle sind wir mehr oder weniger eitle arme Teufel.
Zum *Menschen* und *Künstler* werden wir, wenn wir der Menschheit Leid auf uns zu nehmen beginnen, dies Leid je nach unseren Mitteln ausdrücken und das Unheil, das unser Egoismus über die Welt gebracht hat, bekämpfen. Kunst ist ein Kampf gegen unsere Unvollkommenheit.
Darin aber liegt ein Trost für unser Herz, ein Trost, der Höheres bedeutet als alle irdischen Freuden: denn nichts macht das Leben erträglicher als Großmut.
Doch ach! auch hierzu muß man geboren sein. Große Macht ist uns gegeben, einzig die *Güte* kann unsere Gewalt-

tätigkeit im Zaume halten, bis zu dem Tage, da die *Gerechtigkeit* über uns walten wird: besser und endgültig.

Nur auf mich allein gestellt, war ich viel unglücklicher als zur Zeit, da ich an Epaminondas Seite Apfelsinen und Zitronen verkaufte.

Menschen gab es um mich her, aber was soll man mit Leuten anfangen, die einen wie Kälber anglotzen, die einem manchmal sogar folgen, einen aber sofort fallen lassen, wenn man ihnen seine empfindsame Seele erschließt?

Mit allen Schichten der Gesellschaft hatte ich zu tun. Als Kenner von Edelsteinen machte ich allerlei Geschäfte für die verschiedensten Leute, gab Gutachten ab, verkaufte, kaufte, tauschte. Im Café am Mehemet-Ali-Platz, wo ich mich für gewöhnlich aufhielt, kam ich in vertrauliche Beziehungen mit den Reichsten wie mit den Ärmsten, mit den Anspruchsvollsten wie mit den Bedürfnislosesten. Und ich hielt die Augen offen! Stundenlang konnte ich einem Manne zuhören! Und dann kam die Reihe zu sprechen an mich! Wenn ich doch lieber mit dieser Flamme einen Stein erhitzt hätte, als daß ich meine Zeit damit vertat, einen Menschen wärmen zu wollen – damit hätte ich sicher mehr Erfolg gehabt.

Nichts. Keiner wie Aurel! Nicht einmal wie Epaminonda. *Menschenfragmente*. »Fragmente« kurzweg, so nannte ich sie von nun an.

Angewidert davon, mein heiliges Öl vergeblich verbrannt zu haben, kehrte ich am Abend in meine Behausung zu-

rück und blätterte in Aurels Werk, von seinen Anfängen in der Klinik bis zu den letzten Bildern, die er, schwermütig an seinem Fenster sitzend, aufs Papier geworfen hatte, wenn er das Leben in der Hamanil-Straße beobachtete.
So verlebte ich in Alexandrien nach seinem Tode noch sechs Jahre.

Doch eines Tages – eines Tages, als ich mich nicht mehr auf den Beinen halten konnte – packte ich in aller Stille meinen Koffer und machte mich nach Rumänien auf.
»Vorwärts, Marco«, sagte ich mir, »vorwärts, laß aus den Spuren der Vergangenheit neues Leben entstehen! Vorwärts, frisch die alten Träume wieder auf!«
Seit der Nachricht von ihrer Flucht aus Brăila hatte ich nichts mehr von Nerrantsoula und Epaminonda gehört. Ich hatte mich übrigens nie darum bemüht, etwas zu erfahren. Wozu auch? Gestorben, zweifach gestorben sind die, die verschwinden!
Ich bestieg ein Schiff in Alexandrien und fuhr direkt nach Konstantinopel, wo ich mich eine Woche in Geschäften aufzuhalten gedachte.
Ich war wie ein Kind. Ich trieb mich in den Straßen der Stadt umher, denn ich liebe Konstantinopel. Es ist eine der seltenen Städte, die einen empfindenden Menschen niemals langweilen: Sie ist ein fröhliches und trauriges Gedicht, und ist ehrlich im Frohsinn wie in der Trauer. Nur der Bosporus läßt ein mittelmäßiges Lied zu heroischer Begeisterung anschwellen; und in Konstantinopel hört man

auf Schritt und Tritt den schönsten, den vollkommensten, den unbeschreiblichsten Seufzer, den eine zu Tode verwundete Seele ausstoßen kann: das berühmte aman bre! der Türken und aller Orientalen, die deren Sprache reden. Ja, diesen Seufzer hört man überall, und immer fährt man zusammen, denn immer kommt er von Herzen, ebenso wie der gut gemeinte, aber mäßige Gesang, den ein glücklicher Schiffer aus voller Kehle über den Bosporus schmettert. Das ist die Türkei: Aman bre! Stambul und sein Pulsschlag ...

Man sieht zum Beispiel zwei Männer im Fez und europäischer Kleidung schweigend über den in Abendröte getauchten Kai gehen.

»Aman bre!« ruft der eine, und er weiß wohl weshalb.

Und der andere zeigt auf den glücklichen Schiffer: »Wie singt er schön! Findest du nicht?«

Über alle Maßen liebe ich Konstantinopel.

Als ich eines Abends im Freien saß, um meinen Kaffee zu schlürfen und meine Nargileh zu rauchen, höre ich plötzlich hinter mir: »Aman bre!«

Nicht, daß ich zusammengezuckt wäre, aber die Haare standen mir zu Berge, denn Epaminondas Stimme war's, die den Seufzer ausgestoßen hatte.

Er stand, eine Schulter gegen eine offene Tür gestützt. Ein welker, alter Epaminonda, zerlumpt wie ein Landstreicher, der unter Brücken nächtigt. Barhaupt, die eine Hand in der Tasche, die andere mit einem Rosenkranz spielend, starrte er ins Leere und seufzte aufs neue: »Aman bre!«

»Epaminonda!« rief ich verstört und ließ meinen Tschibuk

fallen. Langsam wandte er den Kopf und sagte, als ob wir uns erst am Vorabend getrennt hätten: »Ah ... Du bist es ... Marco ...«
Ich stürzte mich auf ihn: »Nerrantsoula, wo ist sie, Nerrantsoula?«
»Oh!« lächelte er blöde: »Du nennst sie immer noch Nerrantsoula! Sie ist da drin, aber sie heißt *jetzt* nur noch ›Anicuţa‹ ...«
Dieses *jetzt!* Wie furchtbar klang es mir in den Ohren!
»Mit wem sprichst du, Epaminonda?« ertönte eine mir nur allzu bekannte Stimme; meine Beine trugen mich nicht mehr, entkräftet von dem *jetzt,* das Epaminonda gelallt hatte, konnte ich nicht mehr den Mut aufbringen zu fliehen, zu fliehen und niemals mehr dieses Konstantinopel wiederzusehen, das ich so tief liebte.
Anicuţa erschien, und ich ließ mich auf einen Stuhl fallen. Sie hatte gelebt ... Das konnte ich im ersten Augenblick sehen. Als sie mich sah, stieß sie einen Schrei aus und verschwand wieder im Innern des Hauses.
Wie ein Automat ging ich zu ihr und fand sie weinend, das Gesicht in den Händen vergraben, ausgestreckt auf ihrem Lager in einem Hinterzimmer des Kaffeehauses.
»Wo ist Aurel? Ist er tot?« stöhnte sie, den Kopf in die Kissen gewühlt.
»Tot ... Anicuţa ... Doch *er* ist nur einmal gestorben ...«

In meinem kahlen Hotelzimmer konnte ich die ganze Nacht kein Auge schließen. Was Nerrantsoula mir über Epaminonda erzählt hatte, ging mir nicht aus dem Kopf: »Noch niemals hat er mit mir geschlafen. Immer verbietet er mir, mit den Kunden zu gehen, und glaubt, daß ich ihm gehorche. Da er kein Geld mehr hat, um eine *ţaţa* zu bezahlen wie in Brăila, gebe ich es ihm. Und es ist komisch zu sehen, wie er der Bordellmutter fünfzig Para gibt, einem Weib, das wenigstens zwei Piaster Taxe verlangt. Selbstverständlich reden wir ihm immer ein, daß er mich davor schützt, ›schlecht zu sein‹, wie er es nennt, doch ich kann machen, was ich will, er sieht nichts, so *blöde ist er geworden* mit seinem ewigen ›*aman bre*‹.«

Blöde sei Epaminonda geworden, sagte unsere schöne Nerrantsoula . . .
»Aman bre!« stöhnte ich nun selbst . . . »Konstantinopel . . . Konstantinopel . . .«

Ich hatte ihr auf ihre Bitte hin versprochen, am nächsten Tage gegen Mittag wiederzukommen, obgleich ich eigentlich schon bei unserer Trennung entschlossen war, mich, ohne sie wiederzusehen, aus dem Staube zu machen. Doch gegen Morgen schlief ich unter Gott weiß was für einem schrecklichen Zwang ein und erwachte erst, als ungestüme Schläge an meiner Tür dröhnten. Es war schon fünf Uhr nachmittags. Ich öffnete. Anicuţa und Epaminonda! Wie sie mich hatte aufstöbern können, weiß ich nicht. Übrigens war das nicht schwierig; ich wohnte ganz in ihrer Nähe, in Galata.

»Also so hältst du dein Versprechen, he!« schrie sie, so daß jeder im Flur es hören konnte, »sicher hast du die ganze Nacht gebummelt!«

Ich zog mich an und verließ das Hotel. Anicuţa wollte mir durchaus Konstantinopel zeigen. Ich ließ mich herumschleppen wie einen Hammel auf dem Weg zum Schlachthaus, ich hörte und sah nichts als den sonntäglich herausgeputzten Epaminonda, dessen blödes Lächeln alle Blicke auf sich zog.

Ein einziges Mal nur öffnete er während des Essens den Mund und blökte: »Marco! Ist Anicuţa nicht reizend?«

»Ja, alter Knabe, reizend, aber sei ruhig!«

»Warum soll er ruhig sein?« fragte Nerrantsoula vorwurfsvoll. »Er liebt mich eben sehr, der Arme!«

»Ja, das sehe ich: und deshalb riet ich ihm, nicht so laut zu sprechen. Es könnte den anderen Menschen komisch vorkommen.«

Und nun sind wir endlich am Rande des Grabes, dort, wo sich der Wille des Schicksals erfüllen sollte.

»Komm, Marco!« sagte sie zu mir: »Wir wollen eine Kahnfahrt auf dem Bosporus machen ... Der Abend ist so schön!«

Schnell willigte ich ein, denn ich hatte Angst, ins Theater eingeladen zu werden. Wir bestiegen ein Boot. Ich ruderte. Still wie ein Friedhof lag der Bosporus da. Gleich matten

Seelen blinkten kleine Lichter auf dem Goldenen Horn. Kaum ein Laut... Kein Gesang... Keine Klagelieder... Schweigend ruderten wir weit hinaus. Wie zwei Liebende saßen die beiden aneinandergedrückt hinten im Boot. Epaminonda hatte den Arm fest um sie geschlungen. Kaum konnte ich ihre Gesichter unterscheiden.
»Marco!« flüsterte sie, »denkst du noch an jenes Lied:

Am Gestade des Meeres, am Strande,
Nerrantsoula foundoti!
Wusch eine Jungfrau ihr Kleid,
Nerrantsoula foundoti!

»Aman bre!« stöhnte ich, »zu Hilfe!«
Doch nichts Lebendes um uns her: pechschwarze Nacht, nur in der Ferne schwachschimmerndes Licht.
»Warum ›zu Hilfe‹, Marco?« fragte sie erstaunt.
Und dann stand sie auf; ich bin überzeugt, sie wollte mich küssen.
Sie machte nur einen Schritt. Mit einer Armbewegung gleich der des Schnitters faßte Epaminonda sie um die Hüften und verschwand mit ihr in den schwarzen Fluten.
Er hütete sich wohl, wieder aufzutauchen und sich die Erwählte seines Herzens entreißen zu lassen.

Zur Schreibweise des Rumänischen

Panaït Istratis Nachbildung der rumänischen Aussprache mit Hilfe der französischen Orthographie wurde für die vorliegende Übersetzung nicht übernommen. Stattdessen fand die moderne rumänische Schreibweise Anwendung, die den Vorteil hat, daß sie den Lautwert recht exakt wiedergibt.

Folgende Buchstaben haben einen vom Deutschen abweichenden Lautwert bzw. existieren im Deutschen nicht:

Rumänisch		*Deutsch*
ă	=	unbetontes *e*
c	=	vor hellen Vokalen (e, i) *tsch*, vor dunklen (a, o, u) *k*
ch	=	*k*
g	=	vor hellen Vokalen *dsch*, vor dunklen *g*
gh	=	*g*
î bzw. â	=	liegt zwischen geschlossenem *ä* und *u*
i	=	bleibt am Wortende stumm
j	=	weiches *sch* (wie in frz. »Genie«)
s	=	scharfes (stimmloses) *s* (wie in »Haus«) bzw. *ß*
ş	=	sch
ţ	=	*ts* bzw. *z*
v	=	*w*
z	=	weiches (stimmhaftes) *s* (wie in »sausen«)